U0527407

熊镇的故事

The Tale of Bear Town

大庙重生记

石燕学　王立昕　文
王立昕　绘

中国画报出版社·北京

图书在版编目（CIP）数据

熊镇的故事. 大庙重生记 / 石燕学，王立昕文；王立昕绘. ——北京：中国画报出版社，2023.2
ISBN 978-7-5146-2158-7

Ⅰ. ①熊… Ⅱ. ①石… ②王… Ⅲ. ①故事-作品集-中国-当代 Ⅳ. ①I247.81

中国版本图书馆CIP数据核字(2022)第177222号

熊镇的故事：大庙重生记
石燕学　王立昕　文　　王立昕　绘

出 版 人：方允仲
责任编辑：郭翠青
装帧设计：詹方圆
责任印制：焦　洋

出版发行　中国画报出版社
地　　址：中国北京市海淀区车公庄西路33号　邮编：100048
发 行 部：010-88417360　010-68414683（传真）
总编室兼传真：010-88417359　版权部：010-88417359

开　　本：32开（880mm×1230mm）
印　　张：9.5
字　　数：195千字
版　　次：2023年2月第1版　2023年2月第1次印刷
印　　刷：万卷书坊印刷（天津）有限公司
书　　号：ISBN 978-7-5146-2158-7
定　　价：68.00元

版权所有，侵权必究；如有质量问题，影响阅读，请与印刷厂联系调换。

每一处古迹，都有神话传说中华夏诸神的身影，
它们让我们的文明充满活力。

每一处古迹，都是消失了就再也找不回的文化宝藏，
让我们一起珍惜。

序言

　　本书的作者请我作序。说来也巧，我与二位作者有缘。三十年前，石燕学从北京建筑大学毕业后来设计院工作，当时我正主管院内新来大学生的工作安排，这位高高大大、眉清目秀，沉稳中透着灵气的小伙子，给我留下了很好的印象。正好我有几项工程缺少帮手，就决定暂时把他留在身边。和我一起完成了北京特殊地段的三个四合院工程的方案之后，才将他分配到我曾经工作过的设计所。王立昕是我院另一个设计所的建筑师，也是非常能干的主力。听说她与我女儿外貌上有点相似，我夫人也如是说。后来立昕要去英国深造，临走前与燕学来我家辞行，见面交谈后，才知他们是多么般配的一对。

　　他们先后离开设计院后，搞起了文学创作，而且还干得"风生水起"，这出乎我的意料，但似乎也在情理之中。

　　他们的系列故事书从题材到形式，似乎仍透着建筑师的本色。

　　首先，值得赞赏的是，创造了鲜明独特的故事主人公的形象，把动物的形象，尤其是熊的憨态、可爱表现得淋漓尽致。"八顿""弗雷迪"的标准形象，在读者中已有一定的知名度和美誉度。采用钢笔作画本是建筑师的功底，线条准确流畅。建筑的造型，衬景的配置，画面的构图，更是手到擒来。

　　其次，作者取材中国古建筑的故事，更是源于自己建筑师的身份。不少中国的建筑师，尤其是老一辈的建筑师对此有偏爱。我读研究生时的导师汪坦先生是我国著名的现代建筑理论家，一向崇尚现代建筑，但他也曾经撰写过《辽代大木建筑的特点》，其论文对中国古建筑研究造诣之深，可见一斑。

本书《熊镇的故事：大庙重生记》的特点可以归纳为：

一、故事结构清晰、紧凑，合乎逻辑。作者虚构了一座熊镇大庙，因遭雷击受损，决定修复。以此为契机，引发了对大庙历史的追溯；同时为了遵循"修旧如旧"的修复原则，对同时代或相近时代的历史建筑的考察资料进行大量收集，并选择了地上古建筑遗存最丰富的山西作为考察对象。在整个过程中巧妙地传播了中国古建筑的基本知识。

二、延展了对除建筑以外的相关传统文化的描绘，如古建筑中的壁画、彩塑等，以及除正统的宫廷建筑、寺庙以外的民间寺庙，如关帝庙、土地庙、二仙庙等。

三、以大量的民间故事和拟人化的手法，使本书更显生动有趣。例如古建筑屋顶的垂脊上，往往以"仙人""走兽"为装饰，它们名称古怪，艰涩难懂，作者用拟人化的手法，用托梦的形式，穿插在故事中，以增添趣味性。

总之，读过这本书，相信你会爱上中国古建筑。

何玉如

二〇二二年六月

熊镇是什么样的?

位置：熊镇坐落在三面环山的大森林中，四季分明，一条叫熊跑溪的小河从镇中心蜿蜒流过，地势平坦处能形成开阔的河面。这个地方最初由几只熊定居并初步建立起来，随着森林里的动物不断聚集，逐渐形成了小镇的规模。

主角：一对父子熊。

小熊：一只少年小棕熊，大名弗雷迪（Freddie），小名"毛毛熊""二毛"；小熊在熊镇寄宿学校上学，虽然读书不用功，但总能凭着小聪明在考试中过关。

老熊：一只壮年大棕熊，因为毛色较深，大家都叫他"老黑熊"。后来他又有了个洋名，叫巴顿（Patton），但大家都叫他"八顿（Badun）"，至于为什么，请在《熊镇的故事》第一册中寻找答案。

两只熊看起来笨笨的，但他们能爬树、擅游泳，上山采浆果、下河抓鲑鱼，样样精通。他们平时爱占小便宜，胆子也不大，好面子、爱吹牛，总幻想少劳动多获得，可关键时刻正义感总能占上风，这不正是普通大众善良而又勇敢、憨厚而又聪明的写照吗？

居民：河马、野猪、老虎、狼、柴鸡、松鼠、鹦鹉、鳄鱼、野牛、猞猁等各种动物家族，他们有的善良，有的狡诈，共同构成了熊镇的动物生态。

熊镇长德尚：能干但有私心的大棕熊。

树洞位置：父子熊的树洞位于熊镇边缘的森林里，邻近熊跑溪，幽静美丽，通过一条土路通往熊镇中心。四周散布着其他动物的居所。

熊镇教育：老一辈的平民动物们因为小时候条件所限而上不起学，后来因为没文化处处碰壁，就上了熊镇的"扫盲班"。后来熊镇的生活水平提高了，新一代的小动物们在熊镇学校接受正规教育。为了照顾老一辈的感受，熊镇学校取名叫"补习班"。

熊镇产业：熊镇的产业多样，不同动物家族经营着不同的业务。比如羚牛家族经营皮具店，老虎家族经营肉铺，信鸽家族经营邮递业，等等，大家各有分工，总体上还算和谐。产业大都围绕熊镇中心的广场开设。镇子上最火的地方是"三流酒馆"，这里是猛兽们聚集喝酒、聊天、吹牛的地方，数老熊最爱去，因为在那儿他能信口开河地聊天。之所以叫"三流酒馆"，是因为主要客人都是草根动物，高雅动物或者上流社会动物是绝对看不上这里的。

熊镇货币：每种动物群都有自己的货币，按不同汇率折算，当然熊元最值钱，还有狗元、猪元，等等。

熊镇矛盾：动物们不断增长的对美好生活的需求和大自然有限的承载力之间的矛盾。

目 录

001　**01** 北斗七星的遐想

009　**02** 午夜惊雷

019　**03** 神奇对话　脊兽的忧虑

031　**04** 信任危机

045　**05** 大碑揭历史

055　**06** 殿前大会　八顿的计划

067　**07** 德尚的盘算

079　**08** 整装待发

091　**09** 比大庙还古老的建筑

107　**10** 灰球扭腰

119　**11** 皮朋闯祸

129　**12** 崇庆寺宝库

143　**13** 水神庙后遇大水

151	14	戏台之争
160	15	关帝庙里拜财神
167	16	小材大用
181	17	皮朋去哪儿了
193	18	移动的大庙
207	19	山神与水神
219	20	熊镇后援
233	21	二仙驾到
248	22	武器和敌人
263	23	点睛之笔
273	24	大庙重生
281	25	北斗的第一颗星

	主要动物	名字
1	熊父子	八顿、弗雷德
2	镇长	德尚
3	警察局长	横宽
4	虎爸、虎宝	先风、太戈
5	猞猁爸、猞猁宝	笑面侠、林克
6	雪豹爸、雪豹宝	亮银、灰球
7	野猪爸、野猪宝	大牙、皮朋
8	灰狼、狼宝	五福、白眉
9	黑狼、黑狼宝	奈特、炭罐
10	羚牛、羚牛宝	鲍比、蛮憨
11	镇长秘书猕猴	板栗
12	邮局信鸽	灰云

# 01

北斗七星的遐想

熊傅的故事

弗雷迪躺在八顿身边,把熊掌放在八顿均匀起伏的肚皮上,四周黑色的山林里时不时冒出一声高亢的鸟鸣或一阵动物的低吼。月光洒在这片熊跑溪边的草场上,微风拂过,青草和野花的香气围绕在熊父子周围,偶尔有一两只萤火虫从眼前飞过。

"老爸,真舒服啊,我还是喜欢夏天,可以随时出来玩儿,食物也多得吃不完,要是现在有只鸡腿就更好了。"

"咱们不是刚吃完饭从树洞出来嘛,你怎么又饿了?"

"我就是说说,你不是说咱们熊有句老话,叫身边有粮、心中不慌嘛。"

老熊八顿用熊掌拔了一把青草,放到鼻子边闻了闻,向空中一扔,"真希望这些草能一直飞,飞到银河里,和那些星星做个伴,省得它们那么孤单。"

"老爸,你这诗作的也太直白了,一点儿也不耐琢磨。咱们熊镇真好,可以看到这么清晰的银河,太壮观了!还记得上次咱们去寻访古建筑,在动物多的城市里,只能看到稀稀拉拉的星星。"

"那是因为城市都是灯火通明的,干扰了咱们的视线。"

"那天虎宝太戈说他会在夜里辨别方向,不会迷路。我问他怎么办到的,他还不告诉我,太可恶了!"

"这个很容易,我可以告诉你。"八顿用前臂肘支起胖胖的上身,观察了一下方向,熊头向南,两只后熊掌向北躺下,左熊掌扯过一根粗木头垫在脖子下。弗雷迪看着他,不明白八顿为什么挪动身体,就顺势在八顿边上坐起来。

八顿右熊掌向斜上方一指,使劲瞪起他的一双小眼睛说:"咱们现在往北看,大约40—50度角方向,你是不是看到七颗星组成一个勺子的形状?"

"哪儿呢？"弗雷迪的熊头贴着八顿伸出的右臂，也瞪大眼睛在深蓝色的夜空中寻找着。"看到了！看到了！"弗雷迪兴奋地跳起来，熊掌不停地指向北方的天空。

"咱们熊虽然视力不太好，但看星星还是可以的。"八顿说着也坐了起来。"咱们把这七颗星从勺子把开始按顺序编号，一至七，第六、七颗星就是勺子最前边，对不对？"

"对，可这和方向有什么关系？"弗雷迪好奇地问。

"把第六、七颗星连成一条线,往勺子开口的方向延伸,大约延长连线的五倍多,是不是可以看到一颗比较明亮的星星?"

"我看看,延长五倍,一、二、三、四、五,看到了!果然比北斗七星明亮。"弗雷迪高兴地喊着。

"那是北极星,不管北斗七星在天空中的位置怎么变化,勺子的连线永远指向北极星,北极星永远在正北方,所以找到它,就找到了方向,面对它,上北下南,左西右东,四个方向就都有了。"

"太棒了！我现在也知道怎么在晚上辨别方向了。"弗雷迪兴奋地站起来，用胖熊掌对着幽暗的深空指指点点。

"现在咱们在熊镇，知道方向，在正北方向很容易找到北斗七星。要是在野外，就要先在天空中找到北斗七星，然后找到北极星，就知道方向了。"八顿耐心地解释着。

"我是北斗七星里离北极星最近的那颗，后面的是虎宝太戈，再后面是猪宝皮朋……"小熊弗雷迪兴奋地嘟囔着。

"一个比一个沉，你们要是在天上，天幕都得被你们坠下来。"

"可猪宝的祖先不是天蓬元帅吗？"弗雷迪说着，笑得都站不稳了，在草地上打起滚来。

"你们互相都是最佳损友，在一起就打打闹闹，不在一起就抓耳挠腮想得厉害。你别说，这天蓬元帅和北斗星还有很密切的联系。"

"我可不管天蓬元帅和北斗星有什么联系，反正我们平时一起玩儿可高兴了，在一起做事情也配合得很好，还有雪豹灰球、猞猁林克、黑狼炭罐、羚牛蛮憨，都是我的手下。"

"还手下？别吹牛了，有句老话叫兵熊熊一个，将熊熊一窝，我看你的部队打不了胜仗。"

老熊说着一骨碌从草地上爬起来，向树洞跑去，嘴里并没有停下，"这天上的二十八星宿不仅可以看方向，还可以定时间、分季节，还有对应的神仙，可别小看它们呀。咱们的老祖宗有大智慧，把这些文化留给了咱们，弗雷迪，你可要好好学习，别丢了。"

"别跑,我们的冰球队在去年还拿了冠军呢!熊爸,你不是说我们是'英熊'吗!你还说过咱们熊镇动物要文明其精神,野蛮其体魄,我现在就要野蛮体魄了。"弗雷迪说着赶上了八顿,纵身一跃,跳到八顿的后背上,熊掌抓住八顿肩头的开花毛,"那我们熊是不是也有星座?"八顿用熊掌顺势向后托住他,"当然了,大熊座!北斗七星就在大熊座。"

"真的呀!太好了,我明天就把这个消息告诉太戈,气气他。"
父子熊边说边向自己的树洞走去。

02

午夜惊雷

熊鎮的故事

> 放心吧,咱们这棵树不是最高的。

> 咱们树洞不会被闪电击中吧?

吃过夜宵,八顿催促弗雷迪上床睡觉,突然从山坡上刮来一阵大风,把厨房树洞开着的窗户吹撞到窗框上。八顿走到窗前,抬头望了望天空,一点儿星星都看不到了,狂风卷着树叶呼啸而过。刚把窗户关好,雨点就被吹到玻璃上,一道闪电划破夜空从天而降,八顿回头看了一眼弗雷迪,见他迅速用熊掌捂起耳朵,几秒钟后,一声炸雷在头顶爆开,好像要把树洞劈成碎片。

"熊爸,咱们的树洞不会被闪电击中吧?要是那样咱们可就倒霉了,咱们可没钱重新建个树洞。"

"放心吧,咱们的树洞不是最高大的,要说担心,还是熊镇长更

担心，他的树洞是全镇最高的。不过这家伙比较狡猾，他选的地方是在一个大坡下，还装了避雷针，全镇就他、警察局长和食品加工厂老板家有钱装避雷针，这些年下来，也没有遭雷劈。"

"那就好，我去睡觉了。"弗雷迪说着放下自己的水杯，进了卧室树洞。

八顿躺在床上，久久不能入睡，对于一向倒头就着的他来说这是很少见的情况。他听着弗雷迪均匀的鼾声和树洞外雨点的沙沙声，想着暑假该给弗雷迪安排什么样的活动。暑假虽然没有秋假长，但也有两周时间，不应该荒废了。去山里采药材、山珍和蜂蜜；去河里练游泳，为秋季捕鱼做准备，还是沿着熊跑溪逆流而上，去沿岸的镇子旅行？八顿想着想着，渐渐有了困意。

"叮铃铃……"刚刚入睡的八顿被电话铃惊醒,他下意识地扭头看了一下弗雷迪,还好他睡得很香,没被吵醒。八顿翻身下床,带上卧室门到客厅抓起电话,电话那边传来了虎爸先风急切的声音:"八顿,你怎么还睡觉,着火了!"

"什么?说清楚点儿,哪儿着火了?"八顿一下睡意全无。

"大庙着火了!你快点儿过来,镇子上的动物都来救火了!我先挂了,还得通知别的家伙。"先风没等八顿回话就挂断了电话。

八顿趴在窗前向熊镇中心方向望去，雨已经变小了，但闪电伴着雷声时不时划破夜空。一片红光隐隐地在前方闪烁，好像还有浓烟升起。

"真着火了，得赶紧去救火，大庙可是熊镇最古老的建筑，它要是毁了，熊镇的历史就要改写了！"八顿想着，打开灯拉开卧室门，一把掀开被子把弗雷迪从床上揪起来，"弗雷迪，醒醒，大庙着火了，咱们得去救火。"

几分钟后，身披雨衣的八顿骑着脚踏车，车大梁椅子上坐着弗雷迪，车后箩筐里放着水桶和铲子，父子熊向熊镇中心广场奔去。

大庙，也就是熊镇山神庙，位于熊镇中心广场西侧一条叫庙前街的小巷子里。巷口立着一座牌坊，从巷口往里100米，就到了大庙的山门前，门前是一个小广场，广场两侧各有一棵高大的银杏树。大庙坐北朝南，一共有两进院子。因为建在缓坡上，门前广场和两进院子逐渐升高，形成了三层台地。山门面阔三间，单檐歇山顶，匾额上写着"敕建山神庙"几个苍劲的大字。中间的大门平时不开，只在熊镇节庆时才打开，平时开两侧的门供动物们出入。

雨水把小巷和庙前广场的石头地面冲刷得亮亮的。原本幽静的小巷现在却是一片忙乱景象。一队动物提着各式各样装满水的桶从大门东侧进入，另一队动物提着空桶从大门西侧出来，倒是流线明确，互不干扰。

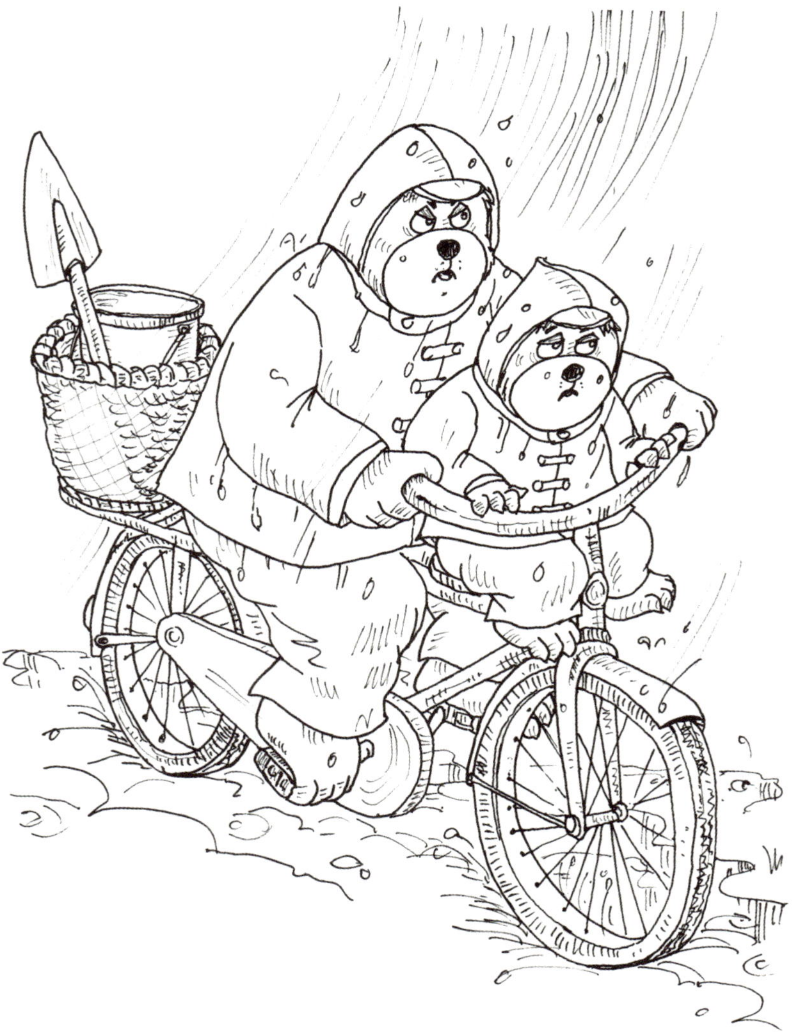

八顿和弗雷迪把脚踏车停在庙前广场，恰好老狼五福拿着一把耙子经过。八顿一把拉住他问道："老狼，哪儿着火了？"

"后院的仓房被雷击中起火了，里面都是看庙的大角羊家的草料，大殿的屋顶也遭雷击了，亏了当时雨大，火没着起来，但一个屋角和屋脊的大琉璃兽被雷击毁了。"

"你拿耙子干吗？"

"火救得差不多了，我拿它把草料扒开，看看还有没有暗火。"五福说着扛着耙子跑进庙里。

八顿和弗雷迪抄起车后架子上的水桶，和大伙一起到庙前的取水点接水，然后提着水桶进去，再随着动物们的脚步快速走到后院的东北角。

在东侧厢房和北侧罩房相交处，有一间独立的仓房被闪电击中起火了，因为和其他房子隔开了一间，这才使其他房子免遭火灾。仓房的门窗已经烧没了，屋顶只剩下了几根粗檩条，不断向上冒着浓烟，夹杂着零星火苗。八顿到了近前，对着火苗的方向把桶里颠簸剩下的多半桶水泼了过去，随着咝咝的声音，一股烟气腾空而起。八顿转身接过弗雷迪的水桶，再次泼了上去。然后两只熊跟着其他动物沿着院子西侧通道往外跑，出了庙门直奔取水点。往返了两次，当他们再次把水泼向仓房后，明火终于被扑灭了。老狼和其他几只动物忙着从仓房里扒草料，后续过来的动物把水浇在草料上。

▶▶

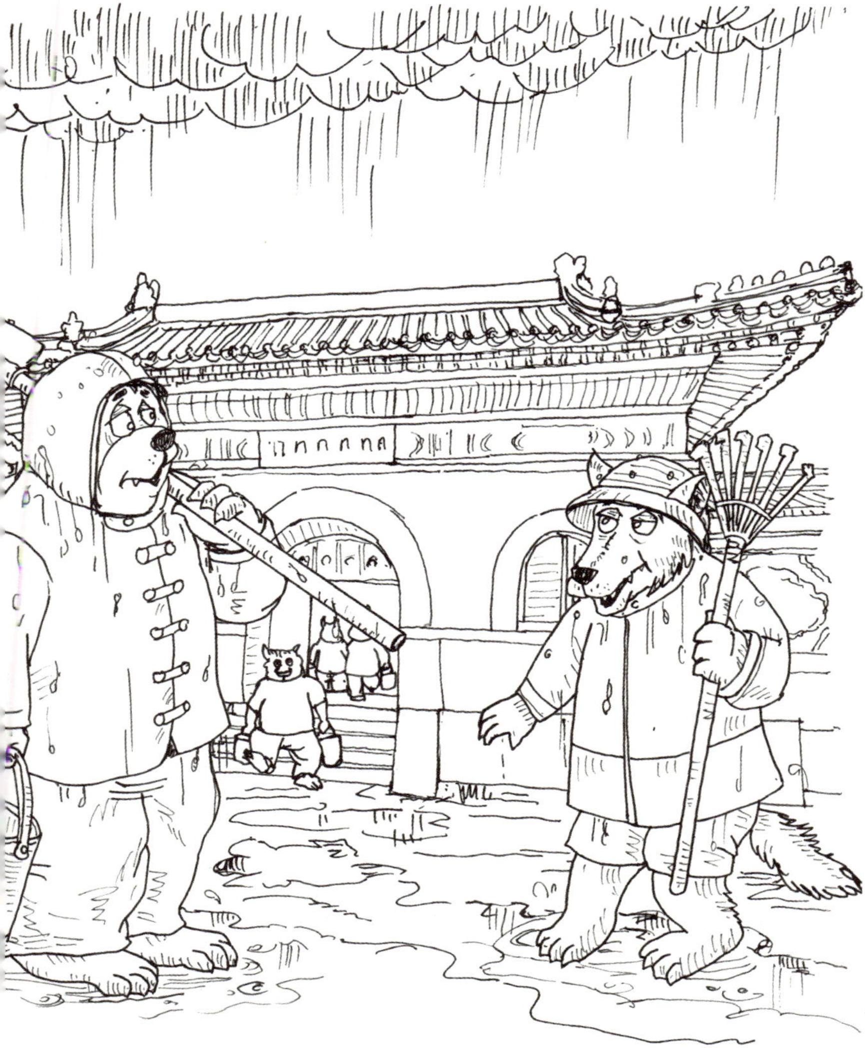

忙活了一阵，火被彻底扑灭了，大家或靠着墙边或坐在房檐下的地面上缓缓紧张的神经。忽然一阵风吹过，雨陡然间加大，一道闪电把黑暗的夜空点亮，瞬间和大殿的屋脊连接上，屋脊上残存的一半鸱尾顷刻间变成了碎片，四散落下，动物们惊呆了，被大自然神奇的力量所震撼，任凭碎片砸落在身上、头上，也一动不动。有的动物发出了长长的低吼，像是在向上苍祈求：让风雨停歇，让雷电消失。

03

神奇对话　脊兽的忧虑

熊镇的故事

雨终于停了,天放晴了,可以看到暗蓝的夜空中一朵朵随风飘过的白云,云朵间是明亮的星星。动物们忙了大半个晚上,已经精疲力竭,陆续离开大庙回去睡觉了,但大庙里仍然没有平静下来。一串雨滴从房檐上滴下来打在弗雷迪头上,顺着脖子流到后背,凉凉的。他抬头向上看去,屋角一排脊兽的轮廓清晰地出现在深色的夜空中,弗雷迪盯着那排剪影,眨了眨眼睛,又使劲儿摇了摇头,仿佛有什么不对劲。

八顿和虎爸先风、雪豹亮银溜达着,在地上搜寻从屋顶掉下来的各种碎片,把它们归拢到一起,看看有没有修复的可能。

虎宝太戈跑过来,把弗雷迪拉到大殿的墙角处,神神秘秘地在他耳边说:"弗雷迪,我觉得不对劲儿,脑袋总嗡嗡响,老想抬头向上看。"

"我正要去找你呢,我也有这种感觉,好像还听到什么声音,怪怪的。现在大庙里比较嘈杂,要是安静下来就好了,我忽然特别想静静地在台基上站一会儿,以前来大庙从来没有这种感觉。"弗雷迪抹了一把熊头上的雨水说。

"那咱们今天晚上别回去了,我叫上灰球、林克还有皮朋,今晚咱们几个在这儿守着大庙,你看怎么样?"

"好啊,咱们分头找他们,一会儿还在这儿集合。"

说着,两个小家伙分别从大庙东西两侧去找小伙伴。八顿正低头围着大殿找掉在地上的碎片,一头撞上正抬头观察大殿的熊镇长德尚,八顿转身想溜走,被德尚一把抓住:"别走,我正犯愁呢,你就撞上来了,看来这事就得你来干。"八顿一听,浑身不由自主地使劲儿抖动了一下,熊毛上的雨水向四周散开,德尚快速扭过头去,但熊掌依然紧紧地抓着八顿。"怎么我一说正事你们这些家伙就耍赖!"

"我熊儿子还在那边等我,我得去找他。"八顿用力掰着德尚的熊掌,但怎么也掰不开。

"八顿,你可别不识抬举,现在可是用得着你的时候。平时想让你给我做件家具,你就是找各种借口不接活儿,现在咱们熊镇大庙要修缮,你这木匠手艺可不能藏着了,听见了吗?"

"你家里都是高档家具,我这手艺怎么配得上。"

"那让你帮着做几个放在院子里的板凳,你怎么也不接,又不是白让你做,我肯定给工钱的。"

"我哪能要您的工钱呀!"八顿心想,这只铁熊怎么可能从身上拔一根毛,脸上却堆着笑说:"下次一定给您做几个有特色的木凳子,包您满意。"

"别下次，就这次，给你个任务，这两天把这次火灾的损失情况查明，提供给镇政府做基础材料，需要镇里配合的，你就向我的秘书提出来，登梯子爬架子这些事，你可以叫上猕猴板栗，你爬树的本领也不错，一周后咱们开全镇现场大会，讨论修缮的事。"说着松开了熊掌，转身走了。

八顿揉着德尚抓过的胳膊，嘟哝了一句："哼，你爬树的本领也不错。"恰巧亮银走过来，看八顿愣着神，捅了他一下，"发什么愣，差不多了，该回去了。"八顿点点头，和他一起来到大殿前，灰球跑过来撞到亮银毛茸茸的腿上，"老爸，你们先回去睡觉吧，我们几个想在安静的大庙里守一夜，防止再有危险，我们也想讨论一下为大庙做点儿什么。"说着朝大庙墙角一指，五六只小动物正聚在一起向这边望着，弗雷迪也在其中。

亮银和八顿对视了一下，点点头，"注意安全，别又打起来。"灰球吼了一声，回身跑向小伙伴。

熊镇动物们逐渐离开，大庙彻底安静下来，偶尔还有雨滴从屋檐上落下来，砸在地面的积水里发出清脆的声音。弗雷迪和几个小伙伴静静地站在屋檐下，谁也不说话，竖着耳朵在听什么。

"又说了，你们听见了吗？"灰球小声说。

"嘘，别说话。"太戈碰了一下灰球。

一阵细小隐约的对话声从屋顶飘下来，感觉就在头顶上，又好像从遥远的夜空飘来。

"看来东北角的兄弟姐妹们损失惨重啊，断胳膊断腿的，没剩一个全乎的。"

"东边屋脊上的老大更惨，直接'报销了'，这雷真厉害。"

"知道为什么东边损失惨重吗？"

"不知道，你倒是说说。"

"因为它们不像我们！"

"不像我们，什么意思？不是一模一样吗？"

"你们忘了吗？也难怪，都过去八十多年了。那次下的雨可比这次大多了，大殿也是遭雷击，东北角的屋脊毁了。当时这个镇子里的动物不懂古建的规矩，随便找了临近镇子的一个琉璃作坊和木工作坊，照着咱们的样子又烧了一套，这颜色、款式乍看差不多，但经不起细看。而且他们把损坏的屋角全拆下来，有的木料完全可以接着用，但他们嫌旧不用，换了新的木料，那个屋角已经不是原来的了。它们和咱们这些大宋朝的真物件完全不同。他们还美其名曰'修葺一新'，实际就是打着维修的名义搞破坏。"

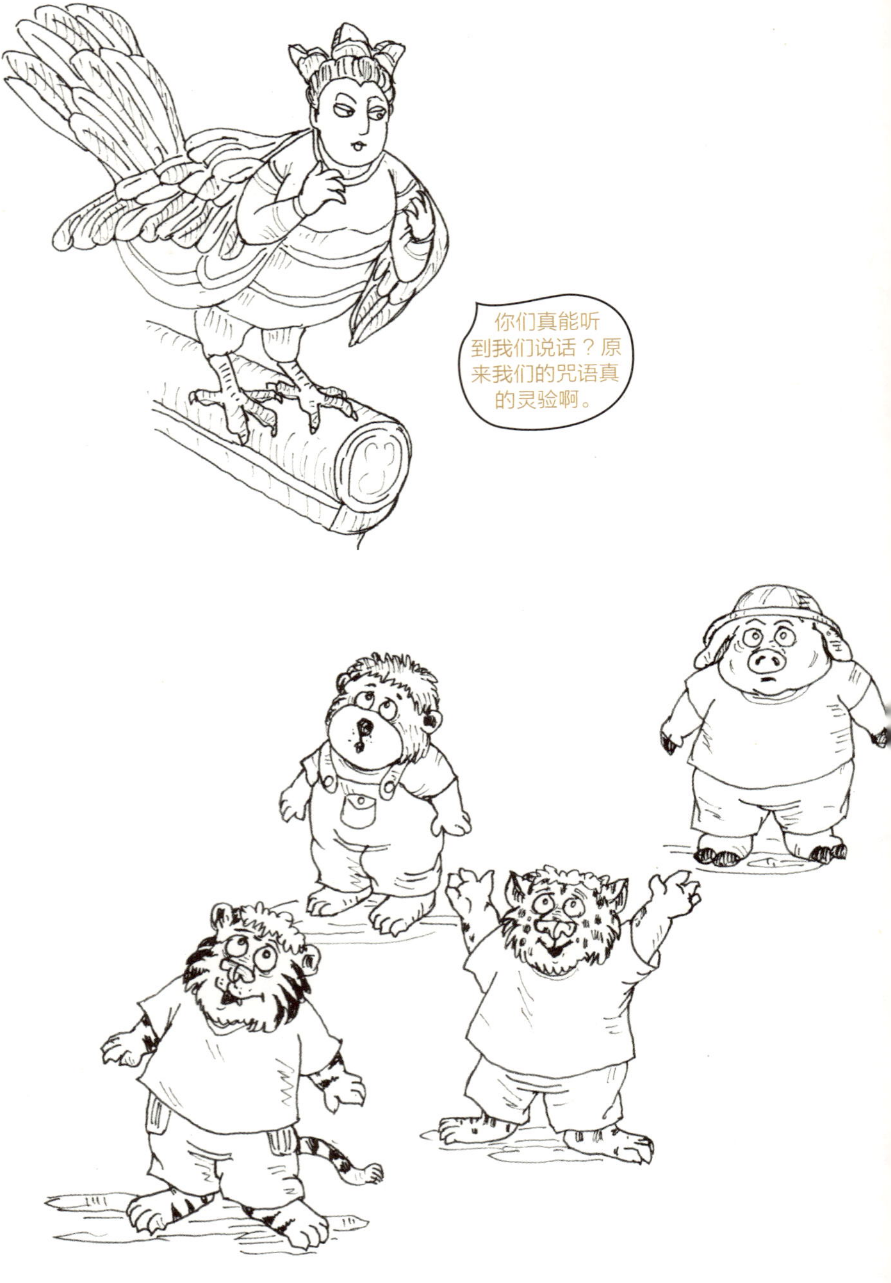
你们真能听到我们说话？原来我们的咒语真的灵验啊。

"好像是这样，我也想起来了，不过还算幸运，拆下来的老木头没有扔，大殿西北角盖的仓房用上了，要是这次修缮能替换上原来的老构件就好了。"

"不可能，他们怎么会知道，都过去几十年了，这些情况现在的动物一点儿也不知道。"

"没准又做一些不伦不类的物件，看上去差不多，安到原来的位置就算了，我看这儿的熊镇长特别喜欢宣传自己，喜欢标新立异。"

"可惜咱们没办法告诉他们，真是着急啊！他们怎么就不知道'修旧如旧'的理念呢！非把咱们这些宋朝的修成现代的。"

弗雷迪他们站在屋檐下一动也不敢动，屏住呼吸大气也不敢出，他们终于知道两小时前让他们感到异样的原因了。几个小伙伴儿耳语了几句，一致向弗雷迪点了点头。弗雷迪慢慢地挪到屋檐外，站在台基上向上看去，西南角垂脊上走兽的剪影映在夜空中一动不动。

"嗨，我们听到你们说话了！我们想为大庙做点儿什么，但我们又不懂，你们能多告诉我们一些吗？"

那几个剪影忽然沉默了，一动不动地立在夜空下。他们一共有五个，前面一个最大，是站立的样子，后面四个都是蹲坐在垂脊上。忽然最前面的那个动了一下，回头面对四个小个子，好像在低声交谈。弗雷迪冲檐下招了招手，太戈他们一下围上来，期待地向上看着。

"你们真能听到我们说话？"最前面的大个剪影说话了，"原来我们的咒语现在依然灵验！"

"我们能,要不也不会问你们。你们肯定知道大庙的历史,给我们讲讲,你们的担心我们刚才也听到了,可我们不知道该怎么做。"猪宝皮朋仰着头说。

"明天我把我们的爸妈和熊镇长都叫来,让他们听听你们是怎么说的。"灰球忍不住说了自己的想法。

"那可不行,我们说话只有你们能听到,不能让他们听到。对了,我想起来了,他们根本就听不到,来了也没用。"第二个剪影说道。

"为什么?"

"因为我们有个古老的咒语,我们的话只有心灵纯洁的动物才能听到,你们现在都是动物宝宝,所以你们还能听到我们说话。等再过几年,你们也听不到我们说话了。"第三个剪影晃着身子说。

"本来我们也不相信这个咒语会一直灵验,因为毕竟过去了好几百年,但今晚听到你们对我们说话,才知道这个咒语仍然有效。"第四个剪影跟了一句。

"我们能一直听到你们说话的,我们的心灵不会被污染。"灰球不服气地说。

"我们也希望这样,但现实……"第五个剪影摇了摇头,最终把话咽了回去。

04

信任危机

小鎮的熊祺故事

第二天中午，弗雷迪被八顿叫醒，他一骨碌滚下床，揉着眼睛走进厨房树洞。八顿已经把丰盛的午餐摆在大木桌上了，"快去洗漱！天快亮了才回来，再睡你就黑白颠倒了。"说着拉开椅子坐下，拿起一个冒着热气的燕麦包吃起来。

弗雷迪仰头看了看墙上的挂钟，"哎哟"一声转身进了卫生间，没一会儿工夫就出来坐到大木凳子上狼吞虎咽地吃起来。"那么着急干吗？今天是周末，又没有安排别的事。"

"我和虎宝他们约好了，下午要在熊镇中心广场碰头讨论一下大庙的事。"弗雷迪一边用勺子舀着酸奶一边说。

"你们讨论大庙的事有什么用！"八顿觉得这事有点儿可笑，"熊镇长七天后要开会，到时会决定怎么修缮的，你们几个小家伙别捣乱

就行。对了,他还给我派了活儿,要我把大殿屋角受损的情况排查清楚,还要写个报告,我正犯愁呢。"

弗雷迪听八顿这么一说,突然不动了,想要说什么,终于还是没说出口,继续吃他的午餐。

下午两点,几个小伙伴在中心广场的大槐树下聚齐了。弗雷迪和太戈坐在环绕大树一圈的木条椅上,皮朋、灰球、林克几个小家伙围在四周。"我不同意你们的计划,我今天下午出来,我老爸老妈就老大不乐意,我妈非让我陪她去逛集市。"灰球着急地说。

"哈哈，你老妈对你太溺爱，太以你为荣了，觉得你是世界上最英俊的动物。"猪宝皮朋说了一句，大家跟着哄笑起来。

"烦死了，我要是把咱们的想法告诉她，她准叫起来，今天早上我回去的时候，她就心疼我浑身被淋透了，把我裹在大浴巾里擦了个遍。"

"行了灰球，你这妈宝豹就别炫耀了！你就不会瞒着她，让你爸出来吗？"

弗雷迪站起来，捶了一下灰球，又看了看大家说："今天晚上的行动很重要，咱们下一步的计划能不能实施，就看今晚的表现了，所以大家要动动脑筋，把你们家里主事的家长带到大庙里。"

"我没问题，"猪猁宝林克说道，"我就不信咱们的父母听不到脊兽们说话，他们也许在骗我们，故弄玄虚。"

"我同意林克说的，只有咱们的家长听到了脊兽的谈话，他们才能相信，咱们的计划也才能实施。否则，家长们肯定觉得咱们在说谎，那就是说破大天，他们也不会相信，反倒觉得咱们不可理喻，更别指望别的动物和熊镇长相信了。"黑狼宝炭罐说。

"那要是万一听不到可怎么办？"老狼的儿子白眉问了一句。

"不去现场试试怎么知道，"虎宝太戈有点儿不耐烦地吼了一声，"我已经说服我老爸今晚和我一起去大庙，我和他说让他看一件绝对意想不到的事，咱们晚上见吧。"说着一甩大尾巴，向林子里跑去。大家互相看了看，没再说话，各自散了。

夜深了，大庙四周蛙鸣一片，面阔五间的庑殿顶大雄宝殿前陆陆续续聚集了大小分明的两群动物，宝宝群里大家都极小声地嘀咕着什么，大气也不敢出。家长群好像也被感染了，但还是不时地爆发出笑声，又很快被宝宝们低声呵斥住了。

八顿和先风把大伙召集到殿前台基西侧，头顶上就是那一排脊兽。八顿伸出两只熊掌向下压了压，示意大家安静，然后对宝宝们说："现在开始吧，你们和上面的说说话。"说着用熊掌向上指了指。老狼五福和狻猊爸笑面侠忍不住又笑了起来，被白眉和林克使劲儿揪了揪毛才安静下来。

宝宝们好像商量好了，弗雷迪和太戈向前走出两步，示意大家退到屋檐下。弗雷迪首先开口了："嗨，你们好！"屋檐下的大动物们大眼瞪小眼地屏息注视着，时不时有动物捂着嘴怕笑出声。

"今天晚上我们把家长带来了，也想让他们听听你们对大庙修缮的想法，我们下一步的计划需要得到他们的支持。"

等了一会儿，没有回答，小动物们开始窃窃私语，怎么回事呀。家长们有的干脆坐到了地上，看热闹似的都不说话，就这么静静地等着。宝宝们一下有点儿慌乱，纷纷从屋檐下走出来聚拢到弗雷迪和太戈周围，焦虑地向上看着，时不时冒出一两句询问的话。

弗雷迪心里急死了，但又不好表现出来，是他和虎宝太戈让大家来的，还把各自的家长都叫来，本来想让家长们在现场看一下他们是怎么和脊兽对话的，这样他们的古建修复建议才能得到家长的支持。可现在脊兽一点儿反应都没有，这可怎么办？忽然又意识到脊兽们说过，成年动物是听不到脊兽说话的，要真是这样，那怎么证明他们在和脊兽对话呢？他一下觉得热血上涌，脑袋嗡嗡作响，怎么办？

正在急火攻心之际，忽然听到屋顶传来响声，太戈伸出两只前爪也做了个向下压的动作，让大家安静下来。小伙伴们抬头向上盯着屋面垂脊上纹丝不动的脊兽。一只胖胖的猫头剪影慢慢露了出来。这胖家伙缓缓走到屋檐边，往下一看，吓得一激灵，差点儿从光滑的琉璃瓦上摔下来。他一个翻身用前爪扒着屋檐的滴水，后腿使劲儿向上晃晃悠悠地翻上了屋面，接着回身气急败坏地冲下面大吼一声："你们发什么神经，大半夜站在下面一声不吭，吓死我了！"

弗雷迪他们瞪大了眼睛，看着又气又可笑的大猫，太戈压着嗓子说："你这只胖猫鬼鬼祟祟干吗呢，快下来，我们有正事。"

"我干的难道不是正事吗？这大庙这么多年没有鼠害没有虫蛀，还不都是我半夜出来剿灭的，这年月默默奉献的总是得不到尊重。"说着向屋脊走去，消失在屋檐上。

"呵呵，这个胖子，平时总爱靠着我们睡觉，有时还装模作样站在我们后面假充脊兽，想轰他走他也听不到，这次和他开个玩笑，吓他一下。"脊兽们忽然开口了。

"原来你们是故意不说话，好让胖猫看到我们吓一跳。"猪宝皮朋兴奋地嚷起来，灰球一把捂住了他的猪嘴。

"你们这些小家伙太不够意思了，"脊兽们活动了一下身子，"你们没有征询我们的意见就把家长带来，想要泄露我们之间的秘密吗？这可不太好。"

"你们终于说话了,可把我急死了。"弗雷迪兴奋地说着,明显压抑着嗓门,同时望了一眼屋檐下的家长们,刚才还捂嘴乐的一群大动物,现在也竖着耳朵想听听神兽的声音。

"我们是想让家长们听听大庙的历史,让他们支持我们修复大庙的计划,除了把他们带到这里,我们没有别的办法,因为他们不相信我们说的话,不相信你们还能说话,更不相信我们能听到你们说话。"太戈急切地解释着。

你们的家长是成年动物，根本听不到我们说话，更看不到我们的动作。

"记住，你们家长已经失去了听到我们说话的能力，更看不到我们的动作。"为首的脊兽晃动着身子说着。

"那可怎么办？"小动物们沮丧地叹息着，"这下他们该说咱们骗人了。"

"我老爸又得拿这事天天嘲笑我，哼！"他们七嘴八舌地说着。

弗雷迪抬头看着夜空中的剪影,心里五味杂陈。从小在熊镇长大,他对大庙的感情太深了!八顿以前每周都会带着他来大庙转转,要是赶上中午,就在树荫下把饭盒打开,吃自带的午饭。他们虽然不知道大庙建造的确切年代,但心里清楚它一定有很长的历史,说不定一千年也是有可能的。每到重要的传统活动,熊 ▶▶

镇都会在大庙举行仪式，以雄浑的大殿做背景，任何仪式都会油然而生庄重大气的氛围。大庙在熊镇就像一根定海神针，大庙在，熊镇的历史就在，熊镇的魂就在。

现在大庙被雷雨损坏了，他们想尽自己的一份力，机缘巧合让他们和脊兽有了对话，大庙的历史就要揭开，可如果家长们不相信，镇长不支持，他们的愿望就无法实现。

"我们商量了一下，决定告诉你们一个秘密，这样你们的父母就会相信你们了。"第二只脊兽说话了。

"秘密？还有比你们会说话更大的秘密吗？这个父母们都不相信，其他的秘密他们会信吗？"雪豹宝灰球不放心地嘟囔着。

"这个秘密要是被你们证实了，你们的父母肯定会相信你们，我们之间需要建立信任，别忘了，我们可是大庙的一部分，比你们更珍惜大庙！信任我们是实现你们大庙修复计划的基础。"

正说着，台基下一处草丛里忽然传来奇怪的声音，黑狼宝炭罐跑过去查看，只见他一下从草丛里叼出一大块黑乎乎的东西跑上台基，放到大家跟前。

"谢谢，这样省得我费事爬上来了。"大伙儿低头一看，原来是大庙里的那只老乌龟。"不过一会儿我说完话，你还得把我放到下面去。"

"你快说，我们这儿可是十万火急的事。"太戈不耐烦了。

"别不耐烦，几百年的古建筑，几百年的秘密，想听岂能没有耐心。"老乌龟不紧不慢地嘟囔着，"我虽然不是大庙的创造者，但我至少是很多历史和秘密的见证者，几百年前我小时候也听到过脊兽们说话，但后来不知怎么就听不到了，我一直搞不懂，这两天我一直偷偷跟着宝宝们，终于明白了。你们先听脊兽们怎么说，看看我这老龟能不能证实。"

先风、八顿、五福这些大动物互相看了看，都不知道说什么好了。

"好吧，那你们说说，是什么秘密？"宝宝们不约而同地冲着屋脊上的剪影问道。

05

大碑揭历史

熊鎮的故事

"小心点儿,锋利的工具都拿开,用木铲和塑料工具。"第二天上午,熊镇长德尚站在一台高高举起的小型挖土机的挖斗里,双掌扶着锯齿状的边缘,向下喊着。

庙前广场西侧高大的银杏树南侧大约 10 米远的地方，被挖开了一个两米深的大坑。八顿和先风在坑里用铲子把土一铲一铲地运出来，坑外的动物再把土运走。坑里一块大大的石碑横躺着，足有 3 米长。

八顿和先风站在坑底两边，把又宽又厚的布带套在石碑上。为了保证石碑均匀受力不致断裂，他们在石碑上均匀地套上几条布带，紧紧地绑住石碑。熊镇长熊掌一挥，说了声"起！"。一台起重机缓缓收紧缆绳，一阵忙碌后，一座硕大的石碑立在了庙前广场正中。

动物们围拢过来，雪豹亮银用他毛茸茸的大尾巴扫了扫碑面上残留的泥土，大家开始念石碑上的文字。

"敕赐山神庙……慧聚之地北有苍山以阻强敌南临清溪以便输转东有……"

"哎呀，这太难了，没有标点符号，还都是繁体字，我头都大了，念不下来。"

"这苍山一定是咱们熊镇北边的熊翻岭，这清溪肯定说的是南边的熊跑溪。"

"躲开躲开！"德尚把大家分开凑了过来，"我早就想到这一点了，你们不会看重点。"说着把熊头凑到石碑的左侧，从上到下念了起来："大宋淳化二年岁次辛卯七月戊戌朔二十一日戊午。"念完回身神气地面对大伙儿，鼓着肚皮问道："知道是什么年代建造的吗？"说着向他的秘书猕猴板栗眨了眨眼睛，板栗心领神会，翻出一个小本转过身低头查了起来。

"大宋淳化二年，这是哪年啊？"

"管他哪年，反正在大宋朝就建好了。"

这时板栗凑到德尚的耳边说了什么，德尚清了清嗓子，向下按了按熊掌示意大家安静，"大宋淳化二年，就是公元 991 年，那时宋朝

刚建立 31 年，距今已经超过 1000 年了！"

"啊！"石碑四周先是一片惊叹，接着爆发出欢呼声。"咱们熊镇居然有 1000 年前的老建筑，太棒了！"

"太不容易了！想起来都后怕，要是前天被雷击中起火，那就完了。"

"好了好了！别嚷嚷了，听镇长把碑文念一遍，给咱们讲解一下，让咱们也了解一下大庙的历史。"

"好！"动物们使劲儿鼓掌，一边后退，空出一块地好让德尚能看全碑文，一边期待地看着德尚。

德尚用熊掌擦了擦额头上的汗，露出了尴尬的笑容，"你们就会捣乱，这里面的学问可多了，我这么忙，三天三夜都没合眼了，哪儿有时间给你们讲啊，大庙维修还有很多事等着我呢。"

板栗见状赶紧把话接了过去，"对对，镇长正为了大庙维修的事找专家，等找到了让专家专门给咱们上一堂课，你们有什么问题都可以提出来。镇长，咱们赶紧回镇政府吧。"

"好，横宽局长，你把这里的事安排好，把石碑保护起来，派专人昼夜值守，这可是咱们熊镇的大宝贝，要是出了差错，你的局长就别干了。"熊镇警察局长野牛横宽打了个响鼻，把大家分开，

镇长，别急着走啊！不知道就直说嘛。

德尚大步离开庙前广场。

"不知道就说不知道，找什么理由。"老狼五福说道。大伙一听哄笑着散开，开始修复凌乱的庙前广场。

月光洒在大殿前的院落里，弗雷迪和小伙伴们再一次聚集到屋檐下，他们欢欣雀跃，热烈讨论着白天挖出大庙石碑的壮举。正是因为他们的努力，才在熊镇架起了一座联通古今的桥梁，这让他们心里充满了自豪。家长们完全相信了他们可以听到脊兽的声音，也同意他们参与到大庙维修这件熊镇大事里。

此刻他们站在屋檐下，刚刚把白天的情况和脊兽们说了。

"你们几个都叫什么呀？"猪宝皮朋仰着头问，"我们也不能总按位置叫你们吧。"

几个剪影又前后交头接耳说了一番，还是打头的那个说："那我们就介绍一下自己，我们有个笼统的名字，叫屋脊走兽。说是屋脊，其实是垂脊，就是从屋顶最上面的正脊向四个屋角垂下来的屋脊。我嘛，是个人头鸟身的仙兽，叫嫔伽，我身后的四位是……"

"嫔伽？你不是叫骑凤仙人吗？"弗雷迪摸着自己的熊头不解地问，"我老爸带我去寻访古建的时候，有个寺庙的管理员还教我一个顺口溜，可以记住走兽的名字，我记得骑凤仙人后面最多是十个走兽，一龙二凤三狮子，天马海马六狻猊，狎鱼獬豸和斗牛，最后一个是行什。"弗雷迪一口气把口诀背了出来，身边的小伙伴们都瞪大了眼睛，不敢相信。

弗雷迪懂得真多呀！

我熊爸教给我的：骑凤仙人、一龙、二凤、三狮、天马……

这位小熊说的是清朝脊兽的名字，我们可是宋代的。

弗雷迪神气地挺着圆圆的小肚皮，补充了一句："对了，行什只在北京故宫太和殿上才有，其他的建筑最多就是九个。"

"你这小熊真让我们大吃一惊，你背的一点儿也不错，不过和年代对不上。"嫔伽晃了晃肩膀说。

"怎么和年代对不上？"狻猊宝林克忍不住问。

"这位小熊说的是清朝的走兽名称，可我们是宋代的，那时第一个位置上的叫嫔伽，就是我，我也没骑着凤凰，但我是人头鸟身。到了明清时代才改为骑凤仙人，老百姓管我叫仙人骑鸡。"

"哈哈……"灰球他们爆发出一阵大笑，"这个名字太形象了，我在别的镇子上看到古建筑屋角上的你就是骑着一只胖鸡，根本就不像凤凰。"

"我们的作用除了装饰辟邪,还可以固定垂脊最下面的那块琉璃瓦,要是没有我,瓦就顺着坡掉下去了。我身后是四个蹲着的神兽兄弟,在宋朝的时候,他们的数量有的是双数,和明清时又有不同。"

"这里面学问真多呀!"太戈不由得嘟囔了一句,"这些名字太难记了,还好你们就五个,龙凤狮子还是很好记。"

"大庙的历史太长了,以后慢慢给你们讲,我们现在最担心的是两点,一是镇里没有人懂古建修复,就怕外行领导内行,又要把大殿修得和新建的一样,那样就失去了古韵,抹掉了很多历史痕迹。你们要知道,岁月给我们上了一层最好的颜色,千万别把我们油漆一新。"嫔伽忧心忡忡地说。

"整修一新不好吗?"皮朋不解地问。

"你这家伙就知道新的好,一点儿都不知道尊重历史。"弗雷迪不耐烦地说。皮朋一听生气了,正要和他理论,嫔伽又说话了:"我们还担心如何保守秘密,怕坏蛋知道了生邪念,逼着你们去做你们不愿意的事。"

"这个不必担心,"太戈拍着胸脯说,昨天晚上你们告诉了我们大碑的秘密和你们的担心,我们不是和家长说好了吗,一定会保守秘密,不让其他动物,尤其是熊镇长和警察局长知道我们能听到你们说话。我们就说是通过查资料,发现在大庙广场有可能埋着大碑的。放心吧,我们回家还会再三叮嘱父母的,保证不会泄密,是不是?"说着环顾了一下左右。

"对!我们保证不泄密,再说了,即使我们说出来,其他动物也不会相信的。也许,我们越是故意说是你们告诉我们的,他们越不相信,这反倒是最好的保密方式。"

"哈哈哈。"台基上和屋脊上都爆发出大笑声。

06

殿前大会　八顿的计划

熊鎮的故事

一周后，动物们聚集到大庙的前院，镇政府召集现场会议，商讨大庙修缮的重要议题。

　　这时太阳已经升起，熊镇长德尚站在前殿台基临时摆放的一张桌子旁，警察局长横宽坐在桌子另一侧。德尚抹了一把头上的汗水，冲大家喊道："安静，现在开会了！两个议题，一是大庙防火防灾的措施，要抓紧制定落实；二是大殿的维修怎么办，顺便让八顿说一下这几天他们踏勘的损毁情况。"

"镇长,防火防灾措施早就有了,可镇里落实情况怎么样,这次火灾就看出来了!"

"早就建议庙里通水,既可以方便日常使用,也可以防火灭火,还有灭火器总也配不上,不是有专项资金吗!避雷针怎么到现在还没有安装?"

"避雷针的问题不要冤枉我,"德尚气哼哼地指着台下说,"我早就想把避雷针安上,可每次讨论,你们都说安上那玩意儿不好看,上面像顶着一圈铁丝。现在你们又埋怨我,简直就是乌合之众。"

"草料怎么能放在庙里呢!大角羊一家屡教不改,应该把他们撤职。"台下的动物们根本不理德尚的抱怨,你一嘴我一句地说开了。

> 五福，你说得轻巧！宋朝的图纸你有啊？

"大家不要乱讲，"警察局长野牛横宽站起来，"要提建设性意见，今天就是把问题提出来，大家回去后好好想想，三天后把建议提给镇政府。我们会综合考虑的。"

熊镇长点点头，接着说下去："这第二个议题可是个难题，仓房毁了照原样盖一个就行了，反正也不是古建筑。就是这大雄宝殿，怎么个修法，咱们得好好合计一下。"

"也照原样修不就行了吗？整个新的更漂亮。"老狼五福喊道。

"你说得轻巧，咱们这个大庙可是始建于宋朝，距今已超过1000年了。这么多年兵灾战乱外加山洪雷劈的，大部分都损毁了，但大雄宝殿可一直立在这儿。可以说这是咱们熊跑溪上游地区少有的珍品。"德尚一指老狼，"宋朝的图纸你有吗？赶紧拿出来。整个新的？你把你家那幅古画拿出来，我这里有幅新的跟你换。"

台下爆发出一阵笑声，五福不好意思地用爪子摸了摸脑袋。

"让老猕猴上房顶量一量尺寸，重新烧一个新的脊兽，大差不差就行了。"羚牛鲍比说。

"你们食草动物能不能精准点儿？什么都大差不差。没听镇长说吗，这是少有的珍品，修起来要一点儿都不能差。"老浣熊不屑地说。

熊镇长气得一屁股坐在椅子上，恶狠狠地嘟哝着："乌合之众！乌合之众！看来非常阶段得用非常手段。"

他腾地又从椅子上站起来，一只熊掌蹬在椅子面上，由于腿又短又粗，一个后仰差点儿摔倒，台下又爆发出一阵大笑，"镇长，你以为你是老狼吗？"

"横宽，你怎么不替镇长挡一下？"

老狼伸着脖子吼了一声，"别乱讲，我怎么能和镇长比。"

八顿一看生气了，他把前面的动物往两边分开，走上台基，一拍桌子大吼起来："你们居然还笑得起来，咱们熊镇最美的古建筑被毁掉了，你们除了发牢骚起哄还能干什么？"

"我们能救火！要不是全镇动物共同努力，大殿早就烧光了！"

"我刚才说安装避雷针、配灭火器就是建设性意见，可镇政府办事拖拉，执行力不强，管理不精细，所以才成了现在的样子。安避雷针是科学，怎么能把不安装的责任推给我们呢。"

"对！我们早就不满了！我小时候就在大庙里玩儿，对大庙可有感情了，可大庙被雷击中不是一次了，我们太气愤了！"

八顿大张着嘴，熊掌举在半空中，像个雕塑一样一动不动。他没想到自己的一句话激起了民愤。

警察局长横宽走过来一把放下八顿的胳膊，狠狠地瞪了他一眼，"赶紧下去，你们是不是商量好了让镇长难堪？"

八顿灰溜溜地往台下走，动物中不知是谁喊了一嗓子："八顿，别走啊，你倒是说说有什么建设性意见。"横宽可不想让八顿再惹出什么麻烦来，冲台下挥了挥蹄子，催促八顿下去。

八顿两只不大的眼睛盯着台基上的方砖，思索了一下，猛然回身站到桌子前。"说就说，我在咱们的木材加工厂工作，多少对古建筑有所了解。"

德尚看八顿来了劲头，心想让他先说说，我也好根据情况看下一步如何应对。这样一想，他顺势拉过椅子坐下，又冲横宽摆了摆熊掌，抬头看着八顿。

> 修复计划归纳起来是六个字：责寻测，访定修。

八顿清了清嗓子，"这两天，我、狝猴板栗还有羚牛鲍比按镇长的要求，对大殿做了损失评估，整体结构没有多少损毁，但屋顶，尤其是角部，受雷击损毁较大。正脊东边的鸱尾被击碎了，东北角的几个走兽也都不同程度受伤，东侧屋角木结构、琉璃瓦也有损毁，最揪心的是壁画和塑像因为漏雨有部分损毁，现在已经搭架子用苫布保护起来了。我们写了评估报告上交给镇里了。"

"咱们的壁画和塑像多精美呀,要是毁了就太可惜了!整个熊跑溪地区再也找不出一座大庙有咱们这么好的宝贝。"

台下逐渐安静下来,大家都想听听八顿的计划,他虽然只是在木材加工厂工作,但对古建的了解还是比大家多。

"我的计划归纳起来就是六个字:责寻测,访定修。责,就是确定维修的总负责人和各分项负责人;寻,是寻找图纸,找能工巧匠,找能做构件的作坊;测,就是对大殿进行全面的古建测绘,把各个部位、部件的尺寸都搞清楚,这样我们还能留下大殿的数据资料。这几天我和板栗初步核实了一下损毁情况,板栗那儿还存了一份报告,大家可以去看。访,就是寻访和咱们的大庙年代相近、规模相近、形式相近的古建筑,从这些古建筑上面找出和大庙相近的地方,包括结构、壁画和塑像,为大庙维修提供参考;定,就是根据上述四方面内容,研究制定修缮方案;最后就是修,让能工巧匠实施维修。"

"好,八顿,我支持你的计划!不过这第四项寻访古建筑,我有不同意见。第一,我们可没有时间,现在是夏天,前期准备也要花时间,转眼就到秋天了,那可是秋忙的时候,各家各户可抽不出精力。"大角羊咩咩地叫起来,"第二,咱们熊跑溪地区也有古建筑,我建议参考它们就行了。"

"哼,你居然还在这儿说困难,要不是你乱堆草料,大庙能着火吗?"

"可大殿是让雷劈的,和我的草料没关系。"大角羊虽然心虚,但嘴上不服输。

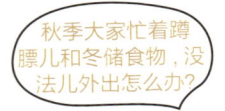

> 秋季大家忙着蹲膘儿和冬储食物，没法儿外出怎么办？

"秋季果实都熟了，还是大马哈鱼的洄游季节，这期间大家都要集中精力多吃多储，不然冬天就难熬了！"狗熊马尔丹说。

"大角羊的顾虑也有道理，不过我和先风、笑面侠、亮银他们都商量好了，大家看看行不行。"八顿看来早有准备，他从口袋里拿出一张纸，打开扫了一眼，又看了看熊镇长。德尚冲八顿点了点头表示认可，台下的弗雷迪和小伙伴们紧张地盯着台上，因为八顿接下来要讲的计划，决定着他们在秋假期间到底能不能为大庙维修做出贡献。

"第一个顾虑，可以通过充分发挥孩子们的能力来解决，让我们的宝宝们去寻访古建筑。"

"大角羊的顾虑也有道理,这个问题我们商量过了,可以发挥孩子们的力量,让宝宝们去考察古建"

　　台下一下炸了锅,嗡嗡地议论成一团。狻猊秘书从台前的树梢跳到桌子上,在德尚的耳边嘀咕了几句,德尚沉吟了一下,摆摆熊掌让他退下,随后站起来走到台基边缘。

　　"我觉得这个方式可行,孩子们正好可以利用秋假做一次野外考察,既长了见识学习了知识,又能培养团队精神。至于作业方面,镇里会和学校商量,凡是参加寻访的孩子,作业可以免除。至于秋收那些活儿,辛苦各家各户家长们一下了,反正你们的宝宝也帮不了太多的忙。"

"好！"台下爆发出欢呼声，八顿接着说下去，"大角羊的第二个建议，我们也了解了一下，咱们熊跑溪范围内虽然有古建筑，但都是明清时期的，根本没有宋代的，所以我们必须去别的地方寻访。"

德尚瞥了一眼横宽，见他没有意见，就做了总结："会上大原则确定了，就按八顿的大思路，回头我们研究一下具体事项，三天后张榜公布，大家散了吧。"

弗雷迪和太戈兴奋地拍掌欢呼，几个小伙伴迅速钻出乱哄哄的动物群，向大殿跑去，他们要商量下一步的具体计划。

07

德尚的盘算

三天后,大家聚集到熊镇中心广场,布告栏前挤得水泄不通。雪豹亮银站在大板前,用大尾巴向围着的动物一扫,"都退后两步,这样围着谁也看不清,我来念念,大家听好。"

大伙儿纷纷后退两步,形成了一小块空地,亮银侧身站在大板前,高声念了起来:"大庙修缮总指挥:镇长德尚。"

哄的一声,大家发出不屑的吼声。

"副总指挥横宽、八顿、先风、笑面侠。"

"这还差不多,还好有真能干事的。"

"资料搜集负责人亮银,大殿测绘负责人长臂猿,古建寻访负责人八顿、先风,维修负责人横宽。周六上午9点,在镇政府第一会议

室开大会,确定具体实施步骤。"

"一个总指挥,一个修缮负责人,德尚和横宽把持着最重要的两端,不知又要生出什么猫腻来。"

"大家先不要乱讲,好在到目前为止,过程还都是透明公正的,要推进这件事往前走,就要齐心,咱们可以向镇政府提议,成立一个监督委员会,把人员、维修队选择、财务这些事都监管起来。"亮银晃悠着他漂亮的大尾巴说。

"好,我们赞同,咱们现在就提出来,周六大会上让德尚当着大伙的面同意。"

八顿和弗雷迪回到树洞在厨房准备午饭，弗雷迪坐在大木桌子边唠叨着："老爸，大伙儿商量的初步计划镇长同意了，万里长征第一步算是实现了，下边寻访的事可还没有一点儿着落。这次寻访可和咱们以前的寻访不一样。"

"为什么不一样，你说说。"

"以前咱们都是找最著名、最有特点的古建去看，是咱们自己想看的古建筑。这次要找和咱们熊镇大殿相近的，是大殿需要的古建筑，用老师的话说，就是命题作文，我可一点儿想法也没有，现在终于理解那句话了，书到用时方恨少。"

八顿正要借机教育一下小熊，忽然电话铃声响起，他抓起电话，边听边点头说了几声是、是，就把电话放下了。

"谁打来的？"

"是板栗打来的，让各个组的负责人下午去镇政府，商量一下下一步工作部署，你可以和虎宝他们再讨论一下怎么分工，我觉得这次要撒开大网去找。"

"不管怎么分工，反正我得和太戈、皮朋在一个小组里，他们是我的死党。"弗雷迪说。

"平时大道理一套一套的，一遇到事就打自己的小算盘，是不是？"

"不是，这叫选择好的搭档，事半功倍。"

周六，熊镇会议室挤满了各种动物，八顿作为主要负责人，坐在了会议桌前。次要动物和旁听者坐在后面靠墙的椅子上，椅子不够就站在屋子的墙边，还有动物站在走廊里把头探进来。

"八顿，我非常好奇一件事。"德尚坐在会议桌正中位置，歪头对坐在他旁边的八顿说。

"什么事？"八顿正和老虎先风低头聊着，冷不丁抬头问道。

"平时也没见你饱读诗书，通晓古今，你们怎么知道庙前大树下埋着石碑呢？"

"对呀，镇长，你这么一问，我也觉得很蹊跷。"猕猴板栗吊在窗帘杆上附和着。

"这个……，"八顿心里咯噔一下，怎么办？没想到德尚会问，自己怎么没事先想到。他在心里飞快地盘算着，与其说自己查资料读书，找各种方式，不如以攻为守。想到这儿，八顿挺直了腰板，一本正经地说："本来不想告诉大家，可既然镇长问了，我也不能欺瞒。我们之所以知道有块大碑埋在庙前广场，是因为前几天晚上大殿的神兽告诉我们的。"

哄的一声，会议室的天花板都快被笑声掀翻了。

"八顿，真有你的，你不是熊，你是神。"

"八顿一天吃八顿饭，吃成了胖仙儿。"

"哈哈哈……"大伙儿你一言我一语，会议室一下变得欢乐无比。

"啪！"德尚拍了一下桌子，"八顿，这是熊镇大庙维修第一次正式会议，你严肃点儿。"

"镇长，我觉得你对我有太多成见，我虽然是扫盲班毕业的，可我一直在学习，虽然不敢说饱读诗书，但一年下来，也读书等身啊！"

"插画书吧，要不就是木匠年鉴，一本就有三寸厚，哈哈哈。"大伙儿又爆发出一阵大笑。

"别笑了，我来说说。"忽然从桌下传来声音，大伙儿安静下来，知道是谁在说话。"本来我和八顿说好了，不提我的，可我看你们这么对八顿，实在看不过去，就说了吧。是我告诉八顿有块宋代石碑埋在大庙前的。我在熊镇这几百年里经历了太多战乱。元末明初时，战乱又到了熊镇周围，大庙不能藏起来，但为了留住大庙的历史，当时的动物就把石碑埋在了大庙前的银杏树下。那时树还没有现在这么高大，现在它已经是参天大树了。"

"先风的建议好!我支持。"

"老龟的话我信。"老狼五福首先点头插了一句。

"上周连着几个晚上,八顿他们都带着自己的宝宝在大殿前讨论怎么修好损毁的地方,我就把这个秘密告诉了他们。"

八顿、先风、五福几个低头冲老乌龟点点头,发出了只有他们才理解的会心一笑。

"好了,现在开会。"横宽挥了挥蹄子,让大家安静。"这是大庙维修专项工作第一次会议,我们以后每周开一次,汇报上周的工作进展和下周的工作安排。分工已经在熊镇广场贴出来了,大家有没有意见?"

"没有,但我们觉得应该成立个监督委员会,对资金、招标等事项进行监督,我代表大家提出来。"先风环顾了一下会议室说。

"这是对镇政府不信任。"板栗迫不及待地打断了先风,"我们一直都是透明的,大家没看到吗?"

"这个建议好,我支持。"德尚一挥熊掌,打断了板栗的话,"横宽牵头,和大家商量一下委员会的组成和监督如何操作。咱们现在讨论一下下一步的具体工作。"八顿和先风对视了一下,德尚的表态出乎他们的预料。他们本来想着德尚和横宽会横加阻拦,没想到镇长一下就同意了,这和他以前的风格完全不一样啊。但此时他们也没工夫细想,跟着会议议程讨论起来。

"我最担心的是'寻'这个环节,孩子们毕竟年龄小,安全怎么办?"德尚继续说道。

> 这大庙修缮若是做好了，本镇长的政绩可就可圈可点了。

德尚其实有自己的盘算。大庙现场大会那天，八顿拿出了动物们的计划，德尚本不想对维修的事太上心，大殿又不是第一次遭雷击，这次也像以前一样，找个维修队修理一下，谁也说不出什么。但挖出大碑这件事，把附近几个镇子都惊动了，一下成了熊跑溪上游地区的文化盛事。德尚感觉提高自己形象的大好机会来了，以前自己的声望最多算是中规中矩，在熊跑溪地区不温不火。如果大庙维修这件事做好了，自己就在文化层面上站住了脚跟，再通过这个事件带动旅游等其他产业，那可就更好了。但这件事可不容易，想来想去，还真得发动全镇的力量，既可以把任务分下去，又可以借大庙维修的每个步骤，大张旗鼓地进行宣传，提升自己的公众形象。但是中间绝对不能出问题，尤其是安全问题，至于监督嘛，走一步看一步，有横宽在，不愁没有机会。所以，德尚第一个提出的问题就是寻访安全。

"我们家长自己负责,看谁敢欺负我们雪豹。我们可以动员沿途镇子里的朋友多多关照,提供保护。只要镇政府提前和要去寻访的地方打好招呼,宝宝们寻访起来就会方便不少。"亮银搭话了。

"你这话太不负责,你们猛兽倒是厉害,难道不管我们食草动物吗?"羚牛怒视着亮银。

"你们跟着我们还怕什么?你们也可以留在熊镇做后援啊。"亮银说着嘿嘿笑了起来。

这正是德尚想要的结果,让家长们自己负起责任来。

"除了八顿和他儿子去过,我们以前都没留意过古建筑,不懂怎么寻访啊?"

德尚不紧不慢地把熊掌做了个下压的动作，让动物们安静下来。他的第二个谋划可以说了："这个我想也不难，孩子们求知欲强，大家又有为大庙维修出力的热情，可咱们熊跑溪地区既没有建筑专家，也没有历史专家，更没有修复专家，所以咱们全镇的动物都要行动起来，多方打听收集资料，把声势造出去，让整个地区都知道咱们熊镇在为维修大庙着急。镇政府也在想方设法跨地区找专家和能工巧匠，他们即使不能亲自参与进来，也可以给我们讲课，让咱们熊镇对古建、对历史和文化的了解有个大提升。我相信秋假之前，咱们一定会对古建寻访有充足的知识储备的。"德尚说完环顾四周，看大家都默默地点头，心头得意起来。以这个名义，可以宣传熊镇维修大庙重视文物保护的壮举，何乐而不为。想到这里，他露出了会心的一笑。

08

整装待发

熊鎮的故事

弗雷迪和太戈背着书包飞快地跑出学校大门，向大庙奔去。今天是本学期最后一天到校，明天就要放秋假了，他们的古建寻访也快出发了。今天宝宝们约好放学后到大殿碰头，为后天出行做最后的准备。

"大家都知道分组了吧？"太戈站在大殿屋檐下，"一共三个组，我、弗雷迪和皮朋是一组，灰球、林克和炭罐是二组。"大家或坐或站地听太戈说话，"我再重复一遍，两个组寻访的线路不同，分东西两路，我们是东路，灰球他们是西路。"

"除了路线不同,两个组寻访的任务也不同。"黑狼宝炭罐接过话说,"弗雷迪他们主要是寻访和大殿相近的建筑,我们组是寻访大殿里面的壁画、塑像这些文物,为咱们大庙内部修缮积累资料,当然每个组也会兼顾另一组的东西,如果发现了会及时记录通知的。"

"还有个非常重要的事情,"弗雷迪接着说,"我们六个在前方,随时会有不懂的问题需要求助,所以还有第三组——就是后援组——在家里随时帮我们查资料,发信息,镇子里有什么最新消息也得及时通知我们。"说着看了看老狼的儿子白眉、羚牛宝蛮憨一伙儿。 ▶▶

"这个没问题,我们一定会全力支持你们。"白眉说,"专家给咱们讲了一个月的古建知识,最后通过考试选拔,前六名才能去寻访,太严苛了!我这次没通过,不过大庙维修还有很多事要做,在家和家长们一起也不错。嗨,炭罐,你平时不爱学习,这次居然通过了,太让我意外了!"

"有什么意外的!哼,我也想和弗雷迪一样,和老爸一起寻访古建筑,了解好多有意思的知识,所以这次我和爸妈一说,他们都支持,再也没让我和他们一起去巡山捕猎,我每次上完专家的课都认真复习,终于把你们几个按住了,以第六名晋级,哈哈!"

"看把你美的!我说,我们不寻访的,也得知道你们的寻访路线,心里有数也可以提前做些信息方面的准备。你们两个组分别讲讲你们最终确定的路线吧。"

"好,我先说吧。"林克从书包里掏出一份折叠好的地图,平摊到台基上。"这两条线的确定也征询了多位专家的意见,我们最开始一起到太原,从那儿分开,我们西路沿汾河河谷一路南下,经过平遥、临汾到运城。东路从太原往东南经长治、高平到晋城。"

"听着真带劲儿！好羡慕你们，这些地名听起来就那么好听，带着一种说不出的韵味。"羚牛宝蛮憨在一旁悠悠地说。
　　"他们古时候的名字更有味儿，太原叫晋阳，临汾叫平阳，战国时期魏国国都安邑就在运城一带，长治叫上党，晋城叫泽州，好听吧？"
　　"那高平呢？你是不是不知道，故意跳过去？"蛮憨故意问。

林克回身抖了抖他的耳朵,神气地回答道:"我还真知道,高平原来叫长平。战国时秦国有个战神叫白起,他和赵国的廉颇、赵括在那儿打了三年大仗,一举消灭了赵国的四十万大军。纸上谈兵的典故就是从这里来的,我最佩服白起了,有勇有谋,等我完成了西路的寻访,一定去长平看一看当时的古战场。这次因为我太喜欢塑像和壁画了,所以忍痛选择了西路。"

"临阵磨枪,不快也光!再怎么吹你也就是个猞猁,打起仗来只会偷袭,不能强攻。"白眉一说大家一下笑起来。

"好了，我们这两天要把各自的行李准备好！我现在提出要求，"太戈说着冲弗雷迪点点头，弗雷迪立刻从书包里拿出几张表格递给大家，"这是需要带的物品清单，每个成员都要严格按清单准备，一项也不能少，如果谁还想多带一些东西，可以自己加上。" 弗雷迪指着表格，"我们每次出发，都要按表格检查一遍所带物品，在表格里打钩，避免遗漏，好不好？"

"好！"大家一起兴奋地嚷起来。

"我有个主意，"灰球兴奋地扫了扫他的胖尾巴，"咱们先去运城拜财神，这样可以一路不愁钱。听说关老爷是财神，运城那边有个解州关帝庙，我们组要先去拜一拜，然后再开始寻访。"

"干吗呀？你想发财？你们家已经是熊镇的财主了，全熊镇的肉食生意都快让你老爸给垄断了。"

"那也不是我的钱，再说，我这次出来的旅费都是我以前假期打工挣的，我老爸可不惯着我。"

"你老爸要是资助咱们这次古建寻访的旅费，再资助修庙的费用，关老爷肯定保佑他更发财。"

小伙伴们一听，一起鼓掌欢呼起来，"灰球，你回家和你老爸说一下，他没准会答应，哈哈哈。"灰球一听，泄气地不说话了。

"说正经的，咱们这次去解州关帝庙，得先了解为什么有关帝庙呀。"

"对呀，白眉、蛮憨，你们负责收集资料，要根据我们的寻访计划提前发给我们。"

"我们还是按计划,从北向南寻访,这样节省时间和费用,我们可不能讲迷信,要相信靠自己的努力才能成功。"

"好!这次咱们要做出个样子来,让家长和熊镇长看看,别再小瞧我们。"大伙儿一阵欢呼。

不知不觉天黑了下来,小伙伴们忘记了回家吃饭,热烈讨论着寻访的各项细节。忽然,头顶传来一声叹息:"嗨,刚几天工夫,你们就把我们给忘了!寻访古建这么大的事,困难重重,你们就没想过,我们可以帮你们减少很多麻烦吗?"

大伙儿一下愣住了,弗雷迪一拍太戈,"咱们怎么把神兽给忘了!"

"看来你们还是嫩,缺乏全局观,一高兴就忘了通盘考虑。"嫔伽俯身对着这群小家伙,"你们把我们叫神兽,那我们就要发挥点儿神力。"

"你是要让我们也有神力吗?最好能飞起来,省得翻山越岭,和毒蛇蚊虫、车匪路霸打交道。"皮朋兴奋地说道。

"我们可不想让你们养成懒惰的习惯!记住,你们现在能听到我们说话,是因为你们的心灵很纯洁,要是你们天天想着偷懒耍滑头,很快就听不到我们说话了。"皮朋一听,略带惊恐地捂着嘴,瞪着一对小眼睛不说话了。

"我们会通过我们的神力,告诉沿途寺庙里的神兽、神仙塑像们,让他们关注你们的寻访,给你们提供力所能及的帮助。不过你们要记住,神力发挥作用是有条件的,那就是你们自己一定要百分之百地努力,一定不要有私心,只有这样,神力才能帮上你们。"

"知道了!谢谢你们,我们这两天再好好准备一下。"弗雷迪仰着头对夜空中的剪影挥了挥熊掌。

"我说太戈和弗雷迪,你们有个猪队友可要小心啊,他都想飞起来了。"林克眯着那对狡猾的眼睛似笑非笑地说。

皮朋冲过来对着他的后腿拱了一下，林克急忙躲闪开，笑着跑到弗雷迪身后。太戈一把将他推到灰球和炭罐面前说："你们管好他，你们组一个耐力好善于长跑，一个爆发力强善于短跑，但这个家伙就爱蹲守偷袭，你们路上可别让他掉队。"

"就是，我们组我能爬高，可以看古建的梁架；太戈灵活，可以跑前跑后测量；皮朋很聪明力气大，他可有很多歪主意，还能多带行李。我们这一路都分工明确，你们可要好好想想怎么发挥你们各自的优势。"弗雷迪有点儿担心西路的分工。

灰球、林克和炭罐互相看了看，嘻嘻哈哈地说："这个不用你们担心，我们最近深入研究了一下壁画和塑像，颇有心得，我们几个视力都超级好，可以看出很多你们看不出的细节，我们倒是担心你。"说着一指弗雷迪，"你去寻访过古建，比我们经验丰富，可别骄傲啊。"

"你们就别在这儿争了，"夜空中传来脊兽们的声音，"多想想这次寻访的困难，可以让你们少受点儿罪。"

"对了，我得赶紧回家收拾行李了，东西太多，我房间的地板、床上都铺满了。"听林克这么一说，大家也异口同声地叫着蹦起来，他们向夜空中的剪影道别，飞快地奔出了大庙。

09

比大庙还古老的建筑

熊鎮的故事

熊镇山脚下小小的火车站站台上挤满了大大小小的动物。大家围着一列从熊镇始发的火车。熊镇长德尚站在话筒前，身后则是东西两组队员和他们的家长。六只宝宝都背着一个特大双肩背包，高度从屁股一直到头顶，每个背包外面都系着防潮垫，侧面装着钢制的水壶，还有一顶防水遮阳帽。胸前还挂着一个小包，里面装着证件、钱包、笔记本、手电等常用物品。

德尚清了清嗓子，"今天是熊镇大庙维修最重要的节点，六位小勇士和他们的家长就要出发了，这趟寻访必定充满艰辛又极不寻常，对咱们大庙的维修有非常重要的作用。我们熊镇的动物稍显保守，不愿去熊跑溪外面的世界去看看，总觉得我们这里最好。这次大庙需要维修的时候，我们却发现自己的见识太少，文化积淀太薄，远远不能满足需要。出乎我们的意料，孩子们却非常勇敢，思想开放，好学爱探索，我们从他们身上看到了熊镇的希望。所以，今天全镇的动物们都来了，为你们壮行！"站台上瞬间爆发出经久不息的欢呼声。

弗雷迪和五个伙伴骄傲地互相搭着肩膀往前走了两步，德尚知趣地绕到他们身后，两只熊掌扶着宝宝们的肩膀，咧开大嘴笑了起来。早有熊跑溪地区报社的记者举起相机咔嚓咔嚓一阵猛拍，明天各大媒体一定会在头版登出大幅照片，德尚这次成了风云镇长。

两天后的早晨，八顿在太原的酒店里吃过早饭回到房间，他不放心地检查着弗雷迪的装备和路线图，明天六个小伙伴就要分开，开始各自的古建寻访了。自己和先风、亮银这几个家长也得返回熊镇了。六个小家伙要三周以后才能回家，这是他们第一次和自己的孩子分开这么长时间，心里七上八下的。

"老爸，你别再啰唆了，我脑袋都要被你搞炸了。你平时总说咱们是熊，可不是绵羊，现在你这样子就是一只叨叨咕咕的大黑胖羊。"

八顿可不管弗雷迪怎么抱怨，依然不停地叮嘱来叮嘱去。这时传来咚咚的砸门声，弗雷迪跑过去拉开门，两个组的队员和家长一起拥了进来。"咱们忘了带梯子，怎么看古建的屋顶啊？"灰球边走边说。

"还有折叠桌也没带，现场量完尺寸还得画图啊！"炭罐附和着，"还有……"

"别说了,这些东西我们组都想过,又大又沉的物件没法儿带,我们要在现场找,和人家借,实在不行还可以买,我们不是带着镇里给咱们的经费吗。"弗雷迪不屑地回应着。

　　"就是,现在还没有出发,你们别自乱阵脚,以后有什么事,一定要沉住气,商量着来。你们两组也要随时电话联系,通报情况。"黑狼奈特摸着炭罐的脑袋说。

第二天早上大雾弥漫，六个小伙伴把自己的行李放在各自小摩托的支架上，这六辆小摩托是从熊镇坐火车一起运过来的，敦敦实实，座位后有一个大箱子放行李，因为是供宝宝们骑的，所以有法定限速，还有特别的安全防护措施。两组宝宝就要骑着它们进行这趟古建寻访。

　灰球指着太戈的头盔，"你戴上这个头盔怎么像一个有名的大侠呀。"弗雷迪绕到太戈面前看了看。

"哈哈哈，"皮朋也走过来仔细端详着，"买头盔试戴的时候，我就觉得有点儿怪怪的，可也没在意，你们这么一说还真像。"

"皮朋，你真是我的猪队友！"太戈整了整头盔。

"出发！注意安全！你们是好样的，一定会找到咱们大庙的范本。"八顿打断他们的斗嘴，拍着他们的肩膀说。

弗雷迪、太戈和皮朋走到灰球、林克和炭罐跟前，一一击掌，再和家长们拥抱道别，随后郑重地戴上漂亮的头盔，跨上摩托车轰轰轰地发动起来。

"灰球，你们组的钱要是花完了告诉我们啊，求财神没用，我们才是你们的财神。"太戈笑嘻嘻地说。

"别吹牛了，看好你们的猪队友吧。"灰球怼了太戈一句。

"你们俩斗嘴别总把我扯上。"皮朋拧了一下油门，高喊一声，"向上党进发！"他的小摩缓缓起步，几个小伙伴也纷纷跟上。他们没有再回头，而是扬起上臂挥了挥，算是和家长告别，在前方不远处的路口，两组分开分别向东南、西南两个方向奔去，一会儿就消失在浓雾中。

"炭罐，你在前面掌握好方向，咱们别走冤枉路。"林克提醒着。

"我这儿有指北针，再加上路标，不会错的。"炭罐在前面回应道。三个小伙伴为了合理分配体力，使领骑者精力集中，采用交替领先骑行的办法，一路有说有笑，插科打诨，倒也没觉得很累。

中午时分,西路分队来到了平遥县地界。队长灰球示意在路边停下来,看了一下表,"现在咱们去平遥古城东北方向的镇国寺,据说那里的大殿非常有名,也很古老,不知道和咱们的大庙比谁更古老。"林克和炭罐一听,高兴地大喊了一声:"走!灰球,古老的寺庙里一定有神仙塑像,你这一路一直念叨要拜神仙,塑像和壁画是咱们西路的重点,这第一站,你是不是想……"灰球一听点点头:"对,我老

爸说了，不管灵不灵，先拜拜再说，保佑咱们一路平安，能找到大庙的范本。"林克和炭罐一听，赶紧说："那还等什么，咱们赶紧走吧。"说着一轰油门，沿着公路开下来，不久拐进一个村子，穿过一个大牌楼，就来到镇国寺门前。

灰球把车停好，从挎包里掏出相机，林克跑去售票处，炭罐挎上工具袋，也跑向售票处边上的管理办公室，他要确认车辆和行李放在这里绝对安全。他们三个做了分工，每到一处寺庙，就各自完成准备工作，可以节省时间。

一会儿，三个小家伙在山门前聚齐了。炭罐指着他们驮着行李的小摩托："管理员说了，这里很安全，东西放在他们眼皮底下没问题。"林克一边发着门票一边说："讲解员暂时不在，卖票的说一会儿他会到寺里找咱们，现在里面还没有其他动物，咱们正好可以多拍点儿照片，多量点儿尺寸。"说着晃了晃手里的大本子。

"这个山门看起来比熊镇大庙古朴多了，还挺好看的。"三个小伙伴站在山门前的广场上欣赏着。

"现在我有点儿理解脊兽们的担心了，完全雕梁画栋看起来崭新的建筑，不一定好看，还是这样没有油漆的好看。"炭罐嘟囔着。

"那是因为你黑,什么都喜欢素的。"林克笑着揪了一下炭罐的黑毛,快步跑向山门,"咱们还是进里面看看吧。"灰球和炭罐前后脚跑进山门。"嚯!这就是四大金刚吧?"灰球指着山门内通道两侧的四尊塑像,"他们的样子真凶啊!亏了咱们是白天来,要是晚上来非得吓一跳。还是咱们大庙好,没有这些凶狠的神像。"说着对四尊神像郑重地拜了拜,惹得林克和炭罐捂着嘴笑起来。

"这你们就不懂了,别看他们样子威猛,可他们只对坏蛋凶,绝不会对你们这些宝宝凶。"三个小家伙一回头,一只山猫不知道什么时候到了他们身后,"我是这儿的讲解员,你们的家长在里面吗?"

"就我们三个,没有家长。"灰球往前站了一步,挡住了林克和炭罐,"我们从熊跑溪上游的熊镇过来,寻访和大庙一样的古建筑。"

"大庙?"山猫好奇地打量着他们,"大庙叫什么名字啊?告诉你们吧,各个地方的动物都说自己那儿的庙是大庙,可等他们看完镇国寺就老实了,再不吹牛了。"

"我们熊镇的大庙叫敕建山神庙!"林克不服气地说,"因为我们在大山里,前面还有熊跑溪,比你们这儿的风景好多了。"

"我们大庙的大雄宝殿被雷击了,我们出来寻访古建,找和大庙最相近的,这样修起来有参考。"炭罐补充道。

"好好好,我不和你们争,那我就把我们的小庙给你们介绍一下。"说着抬头看了看屋顶的梁架说起来,"这个山门你们觉得怎么样?"

"挺古朴的,比我们大庙的山门好看。"

"哈哈,你们还真有眼光。这个山门是元代的,元代的山门可不多见啊!它三开间,悬山顶,悬山知道是什么意思吧?"

"当然知道了,我们出来前,强化学习了一段时间,这些基本的古建常识我们还是有的。"

"那就好,我第一次听说你们这个熊镇,看来教育水平不低。来,跟我进去,看看我们小庙的宝贝,是不是绝对一流的国宝。"说着带头出了山门北面的门洞,来到第一进院落。

三个小家伙互相吐了吐舌头,林克悄悄说道:"这家伙对咱们说大庙很不满意,故意说这里是小庙。咱们倒要看看他骄傲得有没有道理?"说着一起跑到院子的西南角,这里视线不受院内古树的遮挡,他们一下睁大了眼睛,呆呆地站在那儿,不知道说什么好。山猫得意地慢慢踱到他们身后,凑近他们的耳朵故意低声问道:"看出什么门道了吗?"

"没有,就是觉得好看,可不知道哪儿好看。"灰球被山猫这么一问,兴奋劲儿一下被打断了,"它没有我们大庙的大殿大,只有三开间,我们的是五开间,但它看着怎么比我们的大殿还要雄伟,真是奇怪呀!"

"你这小家伙真让我刮目相看,感觉很敏锐。"山猫一拍灰球的肩膀,望着大殿说起来,"它叫万佛殿,是唐宋之间五代十国时期的建筑,你们应该知道,唐代的木构建筑据说现存的只有三、四座,已经很少了,它只比唐代晚了一点点,你们说珍贵不珍贵?对了,忘了问你们的大庙是什么年代的?"

"我们的大雄宝殿是宋代的,其他建筑都是元明清的,没有这个古老。"

"那也很棒了!能超过一千年的都是顶级国宝。"山猫解说员竖了竖大拇指接着说,"你们来我们山西是最正确的选择,有句话叫地下文物看陕西,地上文物看山西,就是说山西有很多地上留存的古建筑,比如唐朝完整的木构建筑都在山西,宋辽金时期的古建筑也比其他地方多很多。"

"虽然万佛殿比咱们的大殿小,但咱们还是要测绘,多拍点儿照片。"灰球说着从背包里拿出一个大厚本,坐在地上,打开第一页,看了看表,郑重地开始记录。山猫看他们这么认

真,也来了劲头儿,"走,咱们到跟前看看大殿的斗拱和屋檐。"林克和炭罐一边拍照一边和山猫走到屋檐下。

灰球这时赶上来先他们一步跨进了大殿,"现在没有别的动物,最安静了,我要学我老爸,拜一拜保咱们旅途平安。"山猫一听笑着说:"没想到你们熊镇的宝宝也要拜佛。好,那你们先进去吧。"

炭罐一听连忙摇头说:"不是的,我们几个也就他这只雪豹到处拜,他是我们的小组长,我们也管不了他,我们想继续听您讲。"

"好,那我就说说咱们头顶上的斗拱和屋檐。"炭罐和林克一听抬头向上看去,"好家伙,这斗拱真大呀,林克,咱们俩的高度加在一起也没有它高。"

"你们说对了,万佛殿的斗拱达到了柱高的三分之二,是七铺作斗拱,也是现存斗拱里面的最高等级,全世界能超过它的斗拱也不多,你们这次可是来对了,所以它被评为世界文化遗产可不是浪得虚名!"

"啊!我们的第一站居然看到了世界文化遗产,这运气真是太好了!"

"你们说什么呢?"灰球从大殿里跳出来,"一个古寺居然扯到了世界,是不是太夸张了。"

山猫摸了摸灰球毛茸茸的胖脑袋,高兴地说:"你刚才去里面看到塑像了吗?你知道那塑像是五代时期的原作吗?是不是一个个丰润饱满,面容慈祥?五代时期能留存下来的塑像特别特别少,你们以后要有机会去大漠深处的敦煌石窟,也可以看到同一时期的塑像,可在别的地方,还真难找到。镇国寺和双林寺还有平遥古城,一城两寺一起被评为世界文化遗产。"

三个小伙伴互相看了一下,高兴地跳起来,"我们下一站就去双林寺,还要住在平遥古城体验一下古城魅力,这几天就命名为世界遗产寻访段吧。走,林克,咱们去里面看一下五代的塑像。"

灰球、林克和炭罐在讲解员的带领下，把镇国寺里里外外仔细看了一遍。讲解员去吃午饭了，三个小家伙坐在山门西侧的鼓楼下，在地上铺开一大块餐布，摆上一早让酒店餐厅打包外带的午餐和饮料。灰球抓紧时间记录刚才得到的信息，炭罐和林克边吃边看万佛殿，林克好像自言自语地说："别看它比咱们的大殿小，但就是比咱们大殿显得古老大气，真是神奇啊。"灰球抬头看了看，"我觉得就是因为斗拱特别大，能托着大屋檐，你从侧面看，那屋檐探出来多深远啊。这次咱们刚出来就能看到三处世界遗产，看来我拜神还是有用的。"▶▶

"得了吧,这刚第一站,难道你忘了脊兽是怎么和咱们说的吗?只有咱们付出百分之百的努力,他们才能帮到我们。"

"咱们可以双管齐下,两不耽误。"灰球不服气地收起厚厚的记录本,三个小家伙风卷残云,一会儿就把午餐装进了肚皮。

10

灰球扭腰

竹的熊的故事

厚厚的云层压过来，好像要下雨。炭罐在前面领骑，右侧就是平遥古城墙。他指了指高高的城墙，"真带劲，比咱们熊镇有气派。晚上咱们在里面好好逛逛，要是能上城头转一圈最好，体会一下'城头遍插大王旗'的感觉。"灰球加大油门超过炭罐说："是'城头变幻大王旗'，你这家伙想当大王了？咱们还是快点儿吧，别在半路赶上雨，尽快赶到双林寺去。"炭罐在后面喊着："现在你是大王，我们可没想换你。"

三个小家伙前脚刚进平遥古城西南方的双林寺，雨就下了起来。灰球感慨道："这都是拜神的功劳，你们也和我一起拜拜吧。"炭罐和林克对视了一下，摇摇头披上雨衣向前院的天王殿走去。

"天王殿，就是供奉四大天王的地方吧？"炭罐嘟囔着。

"好家伙，这里的塑像个个都那么高大。"林克把头贴在天王殿塑像四周的栅栏上，"这些雕塑太生动了，好像真的一样。你看那个'西方广目天'坐在那儿生气的样子，不管你从哪个角度看，他好像都在盯着你。"

"你说的什么呀？什么'西方广目天'？"炭罐扶着栅栏向里面张望。

"栅栏上不是有牌子吗，上面写着每尊塑像的名字。"林克不耐烦地戳了一下炭罐，"那边是'南方增长天''东方持国天'。你得改改你马马虎虎的毛病，咱们这次可是有重要任务的，绝对不能让弗雷迪他们比下去。"

灰球来回巡视着，忽然在一尊塑像前停了下来，"我最喜欢这个'北方多闻天'，也叫托塔天王。你看他虽然坐着，但腰背挺直，向右转身，左手放在腿上，右手做托起状，头顺着手势向右，眼睛炯炯有神地看着远方，太威武了，简直和我老爸在山上巡山远眺时一模一样。"说着全身扭动模仿起天王的姿态来。

林克和炭罐强忍着笑说道："雪豹和人家的区别这么明显，你难道看不到，还在这儿说大话。你看这个'北方多闻天'，样子虽然威猛庄严，但从眼神里透出的却是善良和正义，你们雪豹的眼神嘛……"话没说完，两个小伙伴就笑着向天王殿后面跑去，一边跑一边对灰球喊道："这里的塑像有千百个，你就挨个拜吧，拜到明天早晨也拜不完。"

灰球嘟囔了一句："我们雪豹巡山看到猎物时的眼神多锐利呀！"正要依依不舍地从"北方多闻天"移开视线，忽然觉得神像眨了一下眼睛。灰球晃了晃他的圆脑袋，盯着神像看，"北方多闻天"一动不动地立在那儿，没有什么异样。他回过神来，几个跳跃跟上林克和炭罐，来到罗汉殿。

"快看,这里有罗汉像,我数数,嗯,一共十四个,他们怎么都坐着呀?"炭罐数着罗汉像说。

"再仔细数数,炭罐,你太粗心了!两个角上不是还有四个站着的吗?都说十六罗汉或十八罗汉,从来没听说过十四罗汉。"灰球指着屋角,炭罐不好意思地摸了摸自己的脑袋。

"头上还有屋檐有斗拱,分明是在屋里又搭了个木廊子,真好看。我最喜欢这四个罗汉的神态。"林克说着把灰球和炭罐拉到一个转角处,"你看这个胖罗汉,像从外国来的。眼神还有点儿顽皮。还有他旁边这个伏虎罗汉,右手指着左边,和盘起的右腿方向一致,左脚踏着的就是他降伏的老虎,多生动啊,像是在讲解什么。这个应该让太戈看看。"

"嗯,这几个罗汉有胖有瘦,有的戴着帽子,有的不戴,有的光

头有的有头发,有盘腿的有垂足的,真是千姿百态,表情还都不一样,像活的一样。要不是咱们还有寻访计划,我都不想走了。"

"那个外国长相的罗汉下面还有一只猛兽,神态也很好。灰球,他是不是你的祖先。"

"才不是呢,我们雪豹是不能被驯服的!对了,刚才天王殿里的'北方多闻天'好像对我眨了眨眼睛。"灰球忍不住说道。

"你别瞎想了,你以为这儿也和咱们熊镇一样吗?况且现在是白天,你肯定是幻觉。"

"哼,那是因为你们一路上心灵被污染了,看不到了。"灰球说着走出罗汉殿。林克和炭罐可不理灰球这一套,在殿内把罗汉像仔仔细细看了好几遍,才一步三回头地出来,向千佛殿走去。

中院东侧千佛殿内,墙前密布的彩塑可把三个小伙伴惊呆了。从小生活在大山深处淳朴的熊镇,他们还从未见过如此众多华美绚烂的艺术珍品。殿堂虽然不大,但大大小小的塑像把四面墙体填充得满满的。虽然塑像表面蒙上了一层灰尘,但仍然掩不住华丽的色彩。

"快看,这尊观音像多慈祥啊,介绍里说它有三米高。"炭罐赞叹道。

"你把身体蹲下来,这样就可以和观音菩萨向下看的眼神对上,感受又不一样。"林克蹲在地上拉了拉炭罐,炭罐仰着头盯着观音的眼睛慢慢蹲下来,"真是啊!慈祥庄严的感觉更强烈了。我特别喜欢观音坐着的样子,太舒服了,左脚是垂下来的,右脚盘膝踏在座子上,我刚才看介绍了,这个座子叫'天衣座',你看胳膊自然搭在上面,太美了,我回家学习累了,也要摆这个姿势放松。"

"你们别总看观音菩萨,快看看这个韦陀像。炭罐,你知道韦陀吗?"灰球问道。

"当然知道了,来之前老师给咱们讲了,韦陀是个护法天神,很多寺院里都有他的塑像,而且绝大多数都是立着的塑像,他不仅护持佛法,还保佑老百姓的平安。"炭罐不假思索地说道。

"那我要好好拜拜。嗯?你们看,韦陀天神的神态多威猛逼真,像我们雪豹。"话刚一出口,灰球忽然又意识到什么,不好意思地看了一眼林克和炭罐。

"你就别不好意思了,你们雪豹是天下第一威猛英俊的物种!"林克和炭罐不屑地笑着。

"介绍里说这韦陀有 1.76 米高,我要模仿一下韦陀的姿势,太漂亮了!"灰球说着向后退了两步,后腿两只毛茸茸的胖爪子呈丁字站好,左腿站直,右腿微曲,挺胸鼓肚,臀部后翘,双臂呈 90 度,右臂向后,左臂向前,腰向右一转。"哎哟!"刚刚摆好姿势的灰球一声惨叫,一动不动地站在原地。

"你这姿势学得真不错,就差韦陀身上这身明代将军的铠甲了,要是穿上这身虎头虎肩、山字纹甲片的行头,你绝对是世界第一威武大将军。"林克不失时机地说着风凉话。

"别胡说,我现在动不了了,腰扭了,快想办法帮我恢复过来。"

林克和炭罐一听,吃了一惊,要是灰球扭伤了腰,以后的行程都要受影响。炭罐马上站到灰球的左侧扶着他。林克指着灰球的右后腿说:"你别丁字步站着了,把爪子收回去。"

灰球慢慢地把后腿摆正,重心移到两腿之间,上身一寸一寸地向左转回去。刚刚喘了一口气,试着向前走一步,马上又叫了起来,"不行,走不了,太疼了!"

炭罐和林克愣在原地不知如何是好,正左右为难之际,忽然身后传来一声感叹:"又一个扭腰的,你们这些家伙,不知道有些姿势不是你们这些普通动物能模仿的吗?"灰球站在原地不敢回头,炭罐和林克一看,原来是一只老猕猴站在大殿外,"我是这里的管理员,兼腰伤治疗员。每天都有你们这些不着调的动物模仿寺里神像各种优美的姿势,可这些菩萨、罗汉、天神的姿势都不是普通动物能随便模仿的,要经过多年修炼才行。刚才我看到你们三个兴高采烈地到处看,心里就有了一丝不祥的预感。"

"我现在体会到了!你为什么不早提醒我们?"灰球背对着猕猴说道。

"我提前提醒你们,你们会听吗?"炭罐和林克对视了一下,认真地说,"我们肯定会,他肯定不会。"说着拍了拍灰球的肩膀。

"别拍我,疼!"灰球吼着,"猕猴大夫,你不是说你是腰伤治疗员吗,快给我治治,我们还要寻访古建,为修复我们熊镇的大殿收集资料呢,我可不能中途回去。"

狝猴在门外来回走了两趟，观察着灰球的后背，示意炭罐和林克躲到灰球两侧，然后一跃而起越过门槛，在灰球的后背和腰上连击三掌，然后快速下蹲接一个上窜，把灰球的双肩向上一举，落下来接着又是一个快速下蹲接上举。等他一气呵成第三次落在地面上时，林克和炭罐都看傻了。狝猴一拍灰球的后背说："走两步试试。"

灰球慢慢地挪动了一下脚步，"不疼了……，我再走两步……，确实好了，哎呀！太感谢了！"

"别高兴得太早，你这一路上都要注意，别再扭腰了，晚上要热敷一下，否则你真得半路回家了。"狝猴说着就要走，被林克一把拉住，"狝猴先生，你刚才还说自己是管理员，给我们讲讲吧。我们从来没见过这么多精美的塑像，他们是不是宋辽时期的呀？因为我听一个叫弗雷迪的好朋友说，唐宋辽金时期的古建筑最好看，我想里面的雕塑也一样吧。"

"哈哈，这些塑像可不是宋辽时期的，他们是明朝的。你的小伙伴说得没错，唐宋辽金时期的建筑确实非常好看，但留下来的塑像不多。双林寺现存建筑和塑像是明朝的，尤其是塑像非常有名，你们发现没有，我们双林寺的佛像都是比较世俗化的，和我们这些普通大众很像？"

"是的，我们也觉得他们非常亲切，一点儿也没有心理距离，特别想接近他们，和他们对话。"

"这就是高明之处，让普通大众接近佛法，让他们觉得自己也能成佛，远离心灵的苦难与烦恼。你们知道双林寺有多少尊塑像吗？"三个小家伙摇摇头。"告诉你们吧，一共有2052尊，大的丈余，小的尺许，保存完好的有1566尊，彩塑以菩萨、天王、罗汉和供养人居多，非常精美，可以毫不夸张地说，这是世界级的彩塑精品荟萃。"

"灰球，你至少要磕两千多个头，哈哈。"炭罐和林克笑着说。

"你们这几个小家伙真调皮，好了，后面的彩塑也很精彩，你们继续看吧。"猕猴说着向门外指了指。

三个小家伙向猕猴深深鞠了一躬，炭罐和林克向大雄宝殿跑去，灰球刚想跑起来，又心有余悸地站住，慢慢地在后面跟着。猕猴等他们走远了，对着观音和韦陀鞠了一躬，嘴里念叨着："每次都劳烦两位菩萨费心通知我过来，我哪有手到伤除的本事，还不是多亏了神仙们指点。"观音和韦陀依旧是安详庄严的神情，好像听到了猕猴的话。

晚上平遥城里安静了下来，三个小家伙躺在火炕上聊天。灰球揉着腰说："这火炕真舒服啊，要不我这腰恢复起来可慢了。"炭罐迷迷糊糊地嘟囔了一句，"这酒店真气派，都是青砖大瓦房，院子一层套一层，咱们也体会一把深宅大院的感觉。按说这里11月才烧热炕呢，要不是我们去求了半天情，人家才不给烧呢。"

"我忽然意识到一个道理。"林克忽地坐起来。

"什么道理？你说说。"

"灰球一路下来见佛就拜,说是保佑咱们一路顺利,可他自己今天却扭了腰,这说明咱们的寻访是否顺利,不能靠拜神,要靠我们自己。"林克若有所思地说道。

"不对!"灰球反驳道,"我扭腰和这个没关系,是我太得意忘形了,我们的寻访还是很顺利的,第一站寻访的都是世界遗产,长了很多见识,难道不是吗?"

"那是我们行程安排得好,不是你的功劳,你今天扭腰也许是这里的神仙给我们的善意警告,别忘了大庙脊兽对咱们说的话,只有自己努力了,神灵才能……"

三个小伙伴嘟嘟囔囔,不知不觉进入了梦乡。

11

皮朋闯祸

熊鎮的故事

猪宝皮朋这几天心神不宁,倒不是因为寻访的艰难和旅途的劳顿,而是……

"嘿,你这家伙别再想刚才的小猪姑娘和早晨吃的美味菜包子了!这几天咱们都在赶路,路过的一些古建筑都和咱们的大庙相差太远,不是太新就是太小,到现在还是一无所获,真着急啊!"弗雷迪用熊掌敲了一下皮朋的头。

"就是,你这一路总是和漂亮小姑娘搭讪,在熊镇的时候没见你有这毛病啊。"太戈说。

皮朋扇着大耳朵不满地嘟囔着:"咱们熊镇哪有这么多漂亮的小姑娘,这次出来可见了世面。再说我又没影响寻访,你们着什么急。"

"昨天你在路边和一个小野猪说话的时候,一只大狼在周围的山坡上绕来绕去,我觉得他的眼神不对,绝对是不怀好意,要不是我和弗雷迪在,估计你危险了。"

"哼,我们野猪也不是好惹的,有句老话叫'一猪二熊三老虎',太戈你的厉害程度排第三。"

傍晚时分，东路三个小伙伴骑着小摩托在深山里向东南方向穿行，"咱们今天一定要赶到长子县，那儿有不少古建筑，明天进行详细的考察。"弗雷迪在前面领骑，大大的风镜遮住眼睛，显得威武英俊。

　　"长子县过去就是上党地区管辖吧？对了，弗雷迪，你不是说要寻访长平之战古战场吗？"皮朋骑在最后喊道。

　　"那个还要再往南走，咱们一步一步来，把今天的事做好。"太戈在弗雷迪身后紧跟着。

　　说话间前面到了一处急转弯，皮朋一拧油门冲了上去，在前面喊道："我来领骑，看我的弯道技术。"转弯处三辆小摩托几乎并行，减速压弯刚刚转过去，皮朋正高兴地挥着胳膊，一张大网从天而降，把三个小家伙统统罩在下面，随后传出一阵撞击和叫喊声。

一阵尘烟从大网向外散去，虎宝太戈愤怒地大吼着："谁敢这么无理，别怪我不客气！"弗雷迪顾不上摔在路上的摩托，怒吼着奋力拉扯着粗粗的网绳。噗、噗几声，从山坡树丛里跳出六只大狼，把大网围了个严严实实。为首一只最健壮的灰狼走过来，掀开大网一角把皮朋揪了出去，旁边两只大狼顺势跳过来一起把他按在地上。

　　"你们好大的胆子，竟敢拦我们，你们不怕我们的老爸把你们的老巢给端了吗？"弗雷迪壮着胆子大吼着。

　　"我们已经跟踪你们两天了，也没见你们的老爸呀。呵呵，我们对你们两个没兴趣，不过你们的小摩托倒是不错，我们的宝宝从来没骑过，所以嘛，借我们骑个一年半载，等你们下次路过这里，再还给你们。"说着，几只大狼前仰后合地大笑起来，"不过这只小肥肥，我们可不能放过。这两天他可没少和小猪姑娘搭讪，我们老大神通广大，派了个奸细和他说话，把你们今天的行进路线全摸清了，要不然，抓你们三个可就费劲了。"

皮朋大叫着在地上挣扎，"你们这些坏蛋，放了我！否则熊镇的动物会给你们颜色看的。"

"熊镇？据你说离我们这儿可远了，他们怎么来得了。明天是我们狼族的祭祀大典，你就是我们送给上天最好的礼物。"

"呸，现在都什么世道了，你们还这么野蛮！"太戈伏在地上，大网边缘被几只大狼牢牢地踩在脚下。

深夜里，三个小家伙被五花大绑蒙着头套扔进了一间屋子，听到其中一只大狼说："这破庙里的塑像都是泥做的，一点儿也不值钱，否则明天的祭祀大典，搬几尊过去。"另一只接着说："咱们的存货还有不少，都是这些年从庙里、古墓里借的，还够用。"大狼们哈哈笑着把弗雷迪、太戈和皮朋的头套摘去，什么也没说锁上房门走了。不久听到吱吱呀呀的关门声，听起来像一道很厚重的大门。

"咱们可怎么办？现在没法和熊镇、西路联系，也没法和当地的动物联系，真要到明天，皮朋就危险了。"

"我真不该和小母猪们过多搭讪，谁想到其中还有个奸细。下次再也不干这事了，如果还有下次的话。"皮朋说着低下了头。

"别胡说！只要有一丝希望，咱们都不能放弃，别忘了大殿脊兽对咱们说的话，咱们自己要十二分努力。现在是深夜，嫔伽要是能听到我们的话就好了，也许她有办法。可惜距离太远，她听不到。"

"你怎么知道她听不到？"漆黑的屋子里突然冒出一句，吓得三个小家伙紧紧靠在了一起。

靠窗的一角传来浑厚的嗓音："你别这么冷不丁冒出一句，把小孩儿们吓着。"话刚说完，房间里忽然有了亮光，这亮光不知从哪里来的，好像从房顶上，又好像从四面墙上发出的，隐隐约约，不断增强。弗雷迪使劲儿瞪着两只眼睛，坐在砖地上四面环顾，渐渐看清了情况。

他们被几只大狼扔进了一个三开间的貌似大殿的房子里，三面实墙，一面是门窗，大殿中间靠墙有三尊神像，分别骑坐在三只动物身上，一只是大象，另外两只不知道是什么，看着又像老虎又像狮子。皮朋用肩膀顶了顶太戈，"你看，那多像你呀。"太戈没好气地冲皮朋龇了一下牙，"都什么时候了，你明天就要当祭品了，居然还有心不正经。"

皮朋坐在地上看着窗角处的一尊塑像说："嘿，刚才是你说话吗？你怎么还光着脚把鞋脱了呀。"弗雷迪听他这么一说，扭头看去，果然一个光头的塑像坐在靠墙的台子上，右腿盘起，左腿弯曲踏在台子上，临窗的左臂顺势抬起，像是托着什么东西，右手自然下垂放在右腿上。右脚没有穿鞋，鞋子放在台下的莲瓣上，真是绝妙呀！塑像面容安详、气质优雅，眼睛慈祥地注视着三个小家伙，"你们是弗雷迪、太戈和皮朋，对不对？"

三个小家伙傻眼了，"你，你怎么知道的？难道那些小猪姑娘里也有你们的密探？"皮朋的脑筋这时候突然变得灵光了，太戈忍不住使劲儿踹了他两下，"你早一点儿觉醒，咱们也不至于落到现在的境地。"

"是你们熊镇的嫔伽还有那几个脊兽告诉我们的。"一个大脑门塑像说话了，他明显年纪较大，突出的脑门上满布皱纹，眉毛呈山字形，样貌个别、充满智慧，眼睛俯视着他们。

"你们是谁？我们大殿的嫔伽为什么会和你们联系上？你们别骗我们，我们可是聪明的熊镇小子。"

"都被坏蛋绑架到这儿了，就别吹牛了。你要知道了我们是谁，就不会怀疑我们了。至于熊镇的嫔伽为什么会联系上我们，那是因为我们这个寺庙的建造年代和你们熊镇山神庙一样，都是宋代建造的，我们这个寺院是北宋大中祥符九年（1016）所建，距今超过一千年了，所以我们之间的沟通没有任何障碍。"

"这里原来是寺庙啊！"弗雷迪和太戈立刻欢呼起来，"这是哪儿？你们是谁？"

"这里是长子县崇庆寺，这个殿叫大士殿。因为这里供奉的是观音、文殊、普贤三位菩萨，就是骑着神兽的三位。中间骑着金毛吼的是观音菩萨，骑大象的是普贤菩萨，另一位就是骑青狮的文殊菩萨。"

"金毛吼和青狮，不是老虎啊！那太戈可得失望了。你们这两排塑像是谁？小士吗？"皮朋忍不住问。

"呵呵，看在你们年纪小，就不计较你们给我们乱起名字了。我们是十八罗汉，十八位永住世间、护持正法的阿罗汉，都是释迦牟尼的弟子。"

"护持正法？"皮朋挣扎着翻了个身，艰难地跪在地上，"就是说我有救了？"

"你这么聪明，怎么会被那群野狼绑到这里，"殿堂中部佛坛上

骑青狮的文殊菩萨说话了，"惩治这群坏家伙的事就交给十八罗汉吧，他们可是北宋元丰二年(1079)最好的工匠所塑，九百多年了，他们可称得上是宋塑之冠了。不过你们还得委屈一下，现在不能给你们松绑。"

"只要能给我们解困，这点儿苦没关系。你们真是太好了，三位菩萨真祥和，穿的衣服这么华丽，衣纹都要飘起来了。还有青狮、金毛吼，一点儿也不凶，不像太戈总对我吼，装出凶恶的样子。你们看着和我们一样顽皮，比那些野狼好多了。还有这只大白象，眼神真善良，好像一直看着我。"皮朋一个劲儿地夸赞着。

"你今天性情大变，成了碎嘴猪了，只是我们得为你继续陪绑。"太戈和弗雷迪对皮朋说，"你欠我们俩一顿大餐。"

"我还没说完,你们看这十八罗汉,塑得多好啊,神态特别自然生动,这几尊塑像都是一只脚没穿鞋,还单独塑了几只鞋放在台子上,这鞋看起来和真的一样,这宋朝的工匠太有生活乐趣了,我从没见过这么有趣这么珍贵的彩塑。"

"你们还不知道我们叫什么吧?你看那位靠窗户的叫看门罗汉,面貌多和善。那尊举着左臂的叫托塔罗汉,可惜经历了九百多年,他手里的塔早就不见了。看到紧挨开门罗汉的那位脚下有个猛兽吗?那是伏虎罗汉。"

皮朋一听登时来了劲头,"太戈,太戈,你还不赶紧去拜拜伏虎罗汉,表达你臣服的意思,否则一会儿就不解救你了。"

"你以为罗汉像你那么小心眼,哼!"太戈没好气地怼了皮朋一句。

"你们这三个小家伙真闹腾,再仔细看看谁的手里有芭蕉叶?"

弗雷迪眼神飞快地扫过两边的罗汉,在南墙靠中间的位置果然有一个罗汉手里拿着一片芭蕉叶,"我看到了,在那儿!"

"他叫芭蕉罗汉,还有……"话没说完,忽然远处传来长长的一声狼嚎,过了一会儿窗外吱的一声,像是寺院的大门被打开了。三个伙伴还没反应过来,大士殿内的亮光忽然不见了,在伸手不见五指的黑暗中,弗雷迪他们大气都不敢出,静静地听着窗外的动静。

12

崇庆寺宝库

熊鎮的故事

"哗啦"一声,殿门打开了,几双绿油油的眼睛高低错落地出现在门口。"嘿,这三个小傻瓜还在。"一只大狼晃着膀子跨过门槛,其他几只懒懒地挤进来蹲在地上解开绑在三个小家伙身上的绳子。三只大狼分别拎着弗雷迪、太戈和皮朋的衣领,就要把他们往外拽,"起来,乖乖地和我们到山上去,祭台已经搭好了,等我们办完事,你们这一熊一虎就可以滚了。"

话音刚落,一阵风从门口吹来,殿门啪的一下关上了,接着就是几声惨叫。"奇怪,狼爪子怎么不抓着我们了?"皮朋还没从惊吓中醒过神来,倒在地上哼哼着。

大殿里一下亮了起来,几只大狼被倒立着吊在房梁上,刚刚从弗雷迪他们身上解下的绳子,现在牢牢地捆在大狼们的两只后腿上。

你们吃完来我这里登记一下再参观。

"看,绳子在上面,绑着这几个坏家伙呢。"太戈仰头指着房梁。

"哈哈,十八罗汉就是厉害,一下就把恶狼制服了。"弗雷迪和太戈从跪坐的姿势努力站起来,熊掌和虎爪努力活动着。"这房梁可是宋代的,超过 1000 年的木头,吊着他们几个坏蛋正合适。让他们从上面看看宋代一绝的彩塑,感受一下伟大的文化,熏陶一下他们的黑心肠。"

十八罗汉和三大士听到皮朋的怒吼,忍不住乐了,"这小胖家伙,看来真是一路想着古建寻访,刚被解救就说了一大套。"

天大亮了,崇庆寺院落里传来清脆的鸟叫声。弗雷迪、太戈和皮朋坐在寺院东南角的关帝殿内吃着早餐,紧挨着关帝殿西侧就是崇庆寺的山门兼天王殿。现在关帝殿是管理用房,一只老狸猫管理员对昨

晚发生的事一无所知，坐在靠墙的床铺上一边打着哈欠一边整理着开门时用的登记簿和笔。

"你们三个吃完饭在这个本子上登记姓名、住址和联系方式，寺庙的安全最重要了，这里可是宋代木构建筑和彩塑的宝库。要不是看在你们年纪小的分儿上，这么早我可不放你们进来。你们三个真能吃，把我准备的一个月的食品都快吃光了。"弗雷迪他们三个互相看了看，忍住笑。天蒙蒙亮的时候，罗汉们告诉他们，先从院门出去，然后敲门进来，免得这只老狸猫起疑心。"那几只恶狼怎么办？"太戈问道。

"这个嘛，你们就放心吧，保证你们在上党地区寻访古建不会再受他们的骚扰了。"

"你说，这个寺里怎么有关帝殿呀，关帝庙不都是单独建的吗？咱们熊跑溪上游地区就是这样的。这里真奇怪。"太戈吃着热气腾腾的小包子，不解地问弗雷迪。

弗雷迪摸摸自己的熊头，想从自己的古建知识库里找寻一下，老狸猫说话了："这不稀奇，我们这里的动物非常善良虔诚，只要能给我们带来好运的神灵，我们都尊敬。但我们村民不富裕，不能给每个神灵都建庙呀，所以一个寺庙里同时有儒、释、道三家的情况也不少。这个寺南面几百米还有一个明清时期的'三嵕（zōng）庙'，是供奉后羿的地方，射下九个太阳的后羿在宋朝时被封为'护国灵贶（kuàng）王'，三嵕庙又称为崇庆寺的前寺。所以我们这里有的寺庙就是有不同的神仙。"

老狸猫说着提着一串钥匙走出了关帝殿，"你们三个要是吃完了就跟我到主殿千佛殿看看，这里是紫云山，平时很少有动物来，偶尔有几只恶狼来捣乱，但每次都没得逞，肯定是有菩萨保佑。"他嘴里虔诚地念叨着向中轴线上的千佛殿走去。

弗雷迪他们从桌子上抓起包子塞到嘴里，跳出门槛站在廊下向千佛殿看去。早晨的阳光照在大殿绿色的琉璃屋顶上，几条屋脊显得分外华美。"单檐歇山顶，也叫九脊殿。三开间，明间开门，稍间开窗，柱头有铺作，也就是斗拱，补间无铺作，柱头铺作是……我数数，单抄单下昂五铺作，耍头做昂型。怎么样？我说的你们懂吗？"弗雷迪鼓着他刚刚吃饱的肚皮骄傲地说。

太戈和皮朋瞪大眼睛一会儿盯着千佛殿，一会儿盯着弗雷迪，佩服地拍着弗雷迪的肩膀，"不愧是寻访过古建筑的，就是比我们懂的多。"弗雷迪忽然不好意思起来，"不好不好，我刚才骄傲了，咱们的任务很艰巨，一定要谦虚学习才行。走，咱们跟着狸猫进大殿。"

"这大殿和咱们熊镇的一样，可以看到房梁。"皮朋站在千佛殿塑像前向上指着。

"呵呵，你观察得还挺仔细，这叫彻上露明造，它面阔三间，进深是六架椽，你们看，就是从前到后一共有六排椽子组成，四椽栿对后乳栿用三柱，这个等你们深入研究后就会知道。重要的是大殿的梁架基本都是宋代的原物。你们要好好记录梁架的结构，这对你们维修大殿很有参考价值。"老狸猫边说边指着佛坛说，"这一佛两菩萨的彩塑，虽然经过后代重塑，但依然保留了宋代的风格，你们看看他们的背光，多华丽呀！告诉你们吧，崇庆寺彩塑有将近三百尊，其中超过一米五的彩塑有四十七尊，二十四尊是宋塑，二十三尊是元明两朝的。可以说，我们崇庆寺的彩塑是宋代一绝！"

"真是太漂亮了！不过咱们大庙的彩塑也不赖呀。以前没注意过，去大庙都是玩儿，一点儿也没关注过里面的结构和彩塑。这次出来寻访，一对比，咱们的彩塑也很精彩。这儿的宋塑要是一绝，咱们那儿的就是二绝。"太戈对皮朋说。

狸猫一听，有点儿不屑地撇了一下嘴，"等一会儿带你们去大士殿，看到那儿的宋塑你们再评价也不迟。"

太戈捅了捅弗雷迪，做了个鬼脸，弗雷迪赶紧把熊掌捂在嘴上，示意太戈别说出秘密。太戈笑着说："这个大殿是三开间，咱们的大殿是五开间，大小不一样。但咱们最好还是测量一下，我怕这一路上不一定能找到和大庙完全一样的建筑。咱们可以多拍照片，多测量一下构件的尺寸，肯定用得着。"弗雷迪和皮朋听了点点头，"刚才我在外面看斗拱和咱们大庙的很像，又古朴又大，屋檐出挑得特别深远，"

老狸猫背着爪迈出大殿，回身指着窗棂说："看这些窗棂多古朴，做工简洁细致。还有屋顶的琉璃，都是宋代的，历经一千年风雨，现在还能保存下来，和你们山神庙的大殿一样珍贵，你们可要好好看。"说着慢悠悠地向千佛殿西北的十帝殿走去。三个小家伙趁机凑在一起悄声说："幸亏昨天咱们骑行时把随身小包系在腰上，外面有风衣罩着，没被那些粗心的恶狼发现，否则咱们今天没法儿测量，更没法儿拍照。"

"是啊，老天让咱们受罪，但不让咱们停止工作。快来，跟上老狸猫。"弗雷迪说着跨出了门槛。

"十帝殿供奉着十个皇帝吗？"皮朋跟在狸猫身后问。

"当然不是了，我们这里的十帝殿就是其他寺庙里的地藏殿，供奉的是地藏菩萨和十殿阎王，因为各地的民俗不同，名字有差异。"

"哦！那是不是很可怕呀？"太戈认真地问。

"有句老话叫不做亏心事，不怕鬼叫门。你们这几个小家伙要是没做过亏心事，就大大方方地进去，没有问题！"

"我们一路都是做好事，除了皮朋总和小姑娘搭讪。"弗雷迪嚷嚷着。

"你胡说！"猪宝皮朋愤愤地回应着，"我那是问路，打探信息。"

"结果呢？出卖了信息。"太戈话刚说出口就被弗雷迪打了一熊掌，他则伸出虎爪在皮朋的后背挠了一把。

老狸猫用钥匙打开十帝殿的门,扭头示意三个小家伙进去。阳光从窗外进来,正好照在后檐墙的彩塑上。"啊!颜色真鲜艳,这是宋朝的吗?"弗雷迪问道。

"这里的地藏菩萨和十殿阎王彩塑都是明代的。中间是地藏菩萨,你看塑像的背光多精美。菩萨两侧是十殿阎王,东西山墙还有六曹判官,它们的神态非常生动,是难得的艺术珍品!"老狸猫讲解着。

"皮朋,快看,他们不都是发怒的,也有面貌安详的。不论什么样的,一看都是惩恶扬善的,你可要注意了。"太戈不怀好意地说。

皮朋看着一个个神态鲜明的彩塑，什么也没说，掏出本子就记。老狸猫好奇地凑过来问："有什么体会呀？"皮朋抬头看着塑像头顶上绚丽的楼阁彩塑装饰，不假思索地说："我在记自己总结的崇庆寺几大特点。"

"哦？都总结出几大特点呀？"

"三大特点。第一是彩塑，宋代彩塑特别多，而且非常精美，堪称一绝。第二是千佛殿的木构架是宋代的，虽然规模小，可是非常完整，很有代表性。第三是屋顶的琉璃非常华美，刚才我在对面看，阳光下特别漂亮。"

"鼓掌！前后熊掌一起鼓！"弗雷迪兴奋地对皮朋说，"以后每个寺庙特点总结的工作就交给你了。"皮朋一听，随口说了声"小菜一碟"，就出了十帝殿的门，"咱们去量量需要的尺寸吧。"

"别急,你们还没看崇庆寺最精彩的部分呢,否则你们就白来一趟了。"老狸猫说着向大士殿走去。弗雷迪一听,在后面向太戈和皮朋挤了挤眼,跟着走进了大士殿。

弗雷迪、太戈和皮朋坐在关帝殿的门口整理着考察记录,他们已经把该拍的该量的都做完了,现在他们略显烦躁,菩萨和罗汉答应他们的一件事还没有兑现。在焦急的等待中,山门外由远而近传来轰鸣声。"听,那是咱们的摩托声,这一路下来我最熟悉了,一定是咱们的,不会是别的动物的,快去通报一声。"太戈一拍脑门跳了起来,就要往大士殿跑。"先别急,咱们去门外看看。"话音刚落,从虚掩的门缝里探出一只大狼脑袋,"嗨,你们好。你们的小摩托和行李在外面,▶▶

快出来看看吧。"太戈瞪大眼睛低吼着,皮朋前蹄刨着地面,弗雷迪耸着肩膀慢慢地向大狼靠近。"别别别,我们真的把摩托和行李送来了,行李一样不少,我们再也不敢了。"

老狸猫从屋里出来,看到大狼马上警觉起来,"你们又来干什么?"

弗雷迪一看，向太戈和皮朋使了个眼色，"好吧，我们去看看。"说着走出山门。三辆小摩托整齐地停在高台阶下的影壁前，车上的行李完好无损，旁边站着另外两只野狼，非常不好意思地用眼睛瞟着他们。

"看在十八罗汉、三大士、地藏菩萨和十殿阎王，对了，还有看寺老狸猫的面子上，饶了你们这一回。另外，给你们扫扫盲，这里的塑像虽然是泥塑的，但个个都是无价之宝，你们就是读书少所以才这么愚昧野蛮。罗汉们说了，让你们好好学习，多来寺庙里看看。"三只大狼一听，忙不迭一声长嚎，旋风一般消失在茫茫大山中。

"叮铃铃……"弗雷迪的电话响了，他看了一眼，对太戈说，"是西路灰球打来的，他们肯定想知道咱们进展如何。"说着接通了电话，听着听着眼神变得越来越焦急，"你别啰唆了，快说结果，到底怎么样了？"太戈和皮朋在旁边看着，也不自觉地把头凑到电话旁，"怎么了？"

13

水神庙后遇大水

熊鎮的故事

灰球、林克和炭罐坐在公路旁一个小山包上，三辆小摩托和行李躺在公路边的烂泥里。林克浑身是泥地站起来，叉着腰对灰球嚷道："你到哪儿都要拜，进了佛殿拜佛，进了道观拜老君，今天在广胜下寺里的水神庙，你非要拜水神。当时刮大风，乌云密布马上就要下大雨了，我和炭罐催你快走，你就是不听，结果怎么样，从水神庙出来咱们就遇到大雨了。越走雨越大，到后来就遇上山洪了，亏了咱们有摩托跑得快，要不就凶多吉少了！"

　　"刚才你居然说是我们不让你拜水神才遇到洪水的！分明是颠倒黑白，气死我们了！"炭罐也起身走到灰球面前嚷着，同时使劲儿抖动了一下身体，浑身的泥点儿向四周散开，灰球赶紧用前臂挡住眼睛。▶▶

"我拜水神也是被水神庙里的壁画震撼到了，那些元代的壁画又大又漂亮，我给你们数数啊，"灰球自觉理亏，想把话题岔开，"有《祈雨图》《龙王行雨图》《渔民售鱼图》，还有《王宫尚宝图》《王宫梳妆图》《元杂剧图》，还有……太多了，记不住了。"

"还有《王宫赏食图》啊，你这只肉食动物，怎么会把赏食图忘了呀。"炭罐抓起一把泥，甩到灰球身上，"说你到处拜神呢，怎么扯到壁画上了，快承认错误。"

"我没有错误干吗要承认错误！你倒是站在那幅《赏食图》下面挪不动窝，哈喇子差点儿流出来，真没出息。"灰球毛茸茸的大脑袋已经被泥水弄得变了形，他使劲儿晃了晃，"你们还记得那幅《元杂剧图》吧，能看出好多门道，我给你们俩讲讲。比如能看出元代就有戏台了，演员有男有女，说明那时候可以男女同台演出，而且生旦净末丑俱全，还有乐器、服装、道具、演员化妆，都能看出来，这在全国的壁画里，都是很难得的。你们说我能不感动得拜一拜吗？"

炭罐烦躁地溜达着，"可你什么都拜，壁画里的神你拜，门口的两尊彩塑你也不放过。"

"你不说我都忘了，那两尊门神我进去的时候就注意到了，太神气了！一左一右站在门口。别看他们是门神，可我觉得他们一点儿也不凶，胖胖的，非常有亲近感。他们也是元代的塑像，和里面的壁画是同一个时代的。"灰球不失时机地把话题再次引开。

林克踹了灰球一脚说："要不是你到处拜神耽误了那么多时间，咱们就能躲过洪水，现在正在去解州的路上了。不过，既然我们暂

时被阻挡了,干脆就拐个弯去看看戏台。咱们准备寻访清单时我记得这附近有个魏村牛王庙戏台,也是元代的,在戏台里算是最古老的,正好可以和这幅《元杂剧图》对应起来,多有意义呀!回去可以建议德尚镇长在大庙前建个戏台,咱们熊镇的动物肯定高兴。"

"戏台有什么好看的!我最讨厌听戏了,咿咿呀呀半天也唱不完一句话,急死了。"炭罐起来反对,"听我说,看完了广胜寺我有特别深的体会。开始寻访时我觉得最棒的世界遗产寺庙看完了,应该没什么可看的了,可又寻访了几个古建筑,发现好东西不仅不会越看越少,而是越看越多。"

"你又胡说，怎么会越看越多呀？咱们的清单看一个划掉一个，分明是越看越少。"林克不服气地反驳炭罐道。

"你听我说呀，"炭罐捡起一根树枝比画着，"就拿这个广胜寺说吧，除了咱们寻访的目标——古代木构建筑之外，还有一座琉璃宝塔——飞虹塔，那琉璃多华美呀，几百年前烧的像刚烧出来一样，是唯一有工匠题款、最完整最大的琉璃塔。咱们大殿的正脊被雷劈了，需要好的琉璃作坊烧制出一模一样的鸱吻、琉璃瓦和其他构件，这里面的学问咱们得知道吧。"林克和灰球听着点了点头，炭罐接着说下去，"还有壁画，这里的壁画和咱们大殿的壁画一样好看，而且题材特别丰富，面积比咱们的大。听管理员说，壁画还有很多技法，比如沥粉贴金，咱们也得了解吧。还有塑像，虽然没有平遥双林寺那么生动，但也可圈可点，值得一看。最重要的是，咱们认识了很多神仙，以前就知道咱们大庙里的那些山神，这次出来，可长了见识。除了佛教、道教的神，还有民间的神，他们住在不同的寺庙里，比如水神庙、关帝庙、土地庙，听说东路在长平地区还能见到二仙庙，里面住着二位神仙小姐姐。这些如果都去了解，不是越看越多吗？"

"是啊，这广胜寺里有三绝，飞虹塔、水神庙元代壁画，还有赵城金藏。赵城金藏差点儿被日本鬼子抢走，太惊险了。现在这部金代的大藏经可是国家图书馆的四大镇馆之宝，有四、五千卷啊！"

"这都不算什么，最可惜的是广胜下寺大佛殿里的元代壁画，被坏蛋和愚昧的家伙卖给了外国，现在在外国的博物馆里展出。"

林克陷入了沉思，自言自语道："咱们在熊跑溪的大山里虽然环境好，但见识太少了，应该多出来转转。庙里的管理员给这些神仙起了个统一的名字，叫'华夏诸神'，真好听！书到用时方恨少，我看

了这么好看的建筑,还有和神仙结合起来创造的艺术,心里特别有感触,可就是找不到这样的词表达。"

"但愿华夏诸神保佑咱们这趟古建寻访顺利完成!"灰球耷拉着圆脑袋低声念诵着。

"你又来了!看来你老爸没给你示范拼搏精神,是不是,灰球?"炭罐盯着灰球问。

"灰球,你难道忘了脊兽临行前对咱们说的话吗?只有咱们付出了十二分的努力,神灵才会帮助我们,这叫'自助者天助!'"林克附和着炭罐。

"好了好了,我是组长,别总说我!炭罐,你整理一下广胜寺的资料,看看有没有丢失或漏拍的,趁现在还没走远,可以补救。如果没问题,我看咱们不能贸然南进,可以先去魏村看看牛王庙戏台,等南边的情况了解了再往南也不迟。"

"这牛王庙里是不是住着牛王呀？咱们可打不过他们这些身强力壮的家伙。"林克开玩笑地说。

"坏了，电池包和指南针不见了！肯定是躲洪水的时候掉了，太狼狈了！"炭罐着急地嚷起来，"没有指南针，天马上黑了，咱们怎么辨别方向啊？电脑也快没电了，还有电话，这可怎么办？"

"快，趁着天没黑把摩托冲洗一下。"灰球抬头望向天空，"大雨过后天放晴了，晚上应该有星星。"

"弗雷迪教过咱们如何在晚上找北斗辨别方向，这下还真派上用场了！"林克兴奋地嚷起来，"咱们在熊镇试过几次，还挺灵的，虽然还不是那么熟练，但是今晚必须拿它应急。"

14

戏台之争

熊鎮的故事

三个小伙伴儿深夜里沿着公路向西南方向缓缓骑行，时不时停下来仰望天空辨别方向，漆黑的山路上只有摩托车灯光不时闪过。走着走着忽然星星不见了，灰球在前面停下来，向前跑了十几米又回来，"虚惊一场，快看。"说着他把摩托车车头向左侧一歪，光束照在一棵大树的树干上，这树干别说他们三个，就是把弗雷迪他们叫来，六个合抱都抱不住。

　　"这是洪洞大槐树，就是见证了明朝初期大移民的大槐树。"林克绕着大树转了一圈后，发现了一块指示牌，看过后走上前拍着大树，"那时的动物多悲惨啊，多年战乱，中原动物数量骤减，土地都撂荒了。所以政府从这里强行迁出动物，背井离乡去外地定居。"

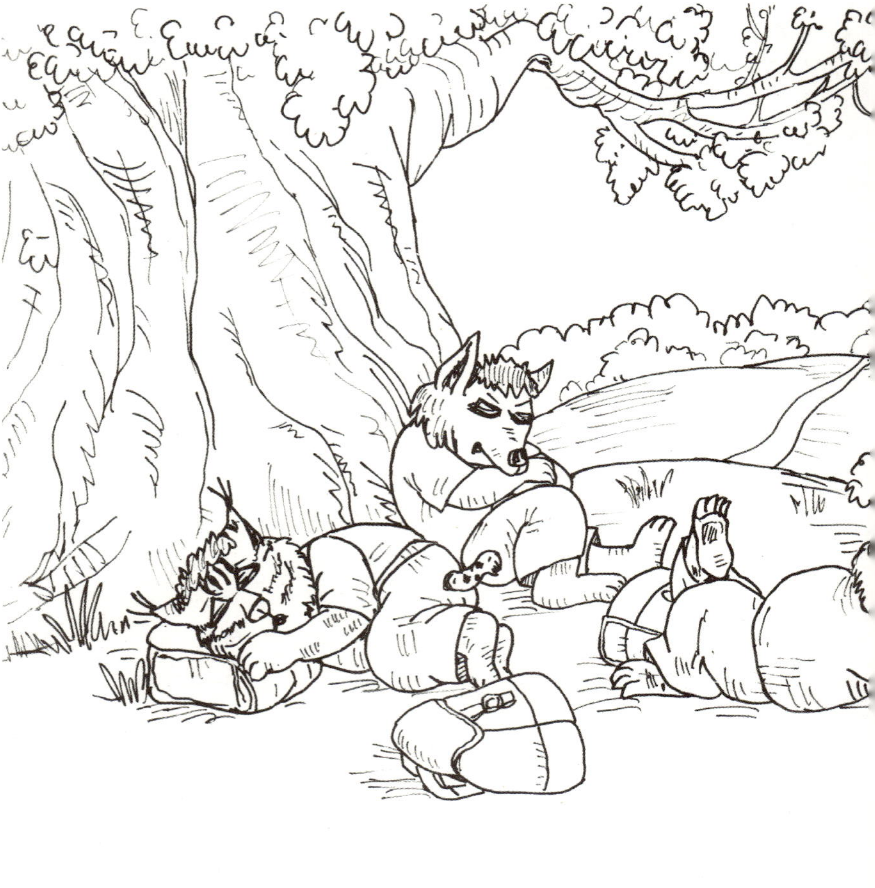

"还是咱们现在的熊镇好,有吃有喝有的玩儿,环境最棒了!你说咱们熊镇有大槐树的移民吗?"炭罐问道。

"我觉得没有,因为这里每年都有寻根祭祖活动,可从来没听说谁家和大槐树有关系,咱们寻访之前都不知道有这棵大槐树。"林克靠着大槐树坐了下来,"灰球,你也坐一会儿,你的腰伤还没好利索吧。"

"别坐着了,咱们还得赶路。我想早上必须赶到牛王庙,和东路弗雷迪他们联系上,通报一下情况,休息调整,然后赶往下一个重要的目的地——解州关帝庙。"灰球过去要把林克拉起来。

"已经一天一宿没合眼了,你现在就是用树枝把我的眼皮撑起来,我也得睡一觉。现在都后半夜了,再继续走下去,掉山涧里怎么办?我可不走了!"林克靠在大槐树下,枕着自己的随身小包,呼呼地睡去了。

灰球看了看炭罐,无奈地扶着树干坐了下来,没想到一坐下,困意顿生,可作为队长他不能就这么睡着,于是又挣扎着站起来,和炭罐一起把三辆摩托推到树下放好,再把行李卸下来垫在身下,既可以当枕头,又可以防盗。"炭罐,咱们也睡一会儿吧,赶夜路确实不安全,早上咱们再往牛王庙方向走。"三个小伙伴挤在一起很快进入了梦乡。

这束腰石上的碑文说明它的建造年代是最早的!

　　早上，弗雷迪坐在王报村二郎庙戏台前的地面上，认真地看着戏台台基上的石刻文字，"明明这座戏台才是现存最古老的戏台，可灰球刚刚在电话里和我争，非说他们现在看的牛王庙戏台才是最古老的。"

太戈站在戏台上面叉着腰对他说:"你把证据留好了,回去一比较不就清楚了吗。"

猪宝皮朋凑过来仔细盯着舞台下方束腰石上的石刻念起来:"时大定二十五年岁次癸卯仲秋十有五日,石匠赵显、赵志刊。"然后哼哼着摇头,"只知道大定是金代年号,具体是哪年?"

"就是1185年,距今800多年了。灰球他们的牛王庙戏台建于元至元二十年,也就是1283年,比这个晚一百年呢,他们居然不承认。"弗雷迪气哼哼地说。

"用不着生气,咱们用事实说话。皮朋,我考考你,山西有多少座古戏台?你今天又想招惹小姑娘,心思放没放到古建寻访上啊?"太戈挑衅地问道。

"三千多座,对吗?这么简单的问题还想难住我!咱们熊镇连一座戏台也没有,真丢脸!"皮朋一屁股坐在舞台边上,把腿垂下来继续说,"我的心思一直在寻访上,就拿这戏台来说,山西的戏台数量真把我震惊了,我们要是一天听一出戏,一年三百六十五天,每天可以在不同的戏台听十年,不会重样,真是超乎想象!我强烈建议,大庙维修后第一件事就是建一座熊镇的戏台,咱可以演自己的大戏。"

"那就在庙前广场建,热热闹闹的。"皮朋说。

"那可不行!大庙有一千年的历史了,它前面怎么能建一个新戏台呀,太不搭调了。"太戈反驳着。

"说起大戏,不知道这里都演什么戏?"弗雷迪问。

"晋剧啊,这都不知道,不是白来'晋国'的地界了吗?"皮朋嚷道。

"从来没听说过,只知道山西梆子?"

"晋剧就是山西梆子,这都不知道,其实这里最有特色的叫上党八音……"

"你偷偷做了不少功课呀,皮朋。"太戈冷眼瞧着他。

"我就是刚才在村口遇到一个小姑娘,你们去杂货店买东西的时候,我和她聊了几句……"皮朋忽然意识到了什么,赶紧捂着嘴不说话了。

"好啊你,恶习不改,又去招惹人家小姑娘。"

"我这不是问正经事嘛。还有,戏台的形式也不一样。"皮朋赶紧把话岔开。

"怎么不一样了?"太戈没再纠缠,故意问道。

"还说我心思不在寻访上，我看分明是你心思不正。"皮朋反击着，"你想想，咱们看过的寺庙，是不是有的山门是两层，从外面看，下面是门，上面是建筑。可进来以后才发现，门后上面是个戏台，咱们是从戏台下面进入寺院的，对不对？"

"还有什么不同？"

"有的戏台三面都开敞，有的只有一面开敞，其余三面都是实墙。还有的舞台下面有通道，可以藏演员，有的三开间，现在这个只有一开间。还有不少特征你们都没有关心，我可记下来了，看，都在这个本子上。"皮朋说着晃了晃厚厚的速写本，跳下舞台，对弗雷迪说："把石刻拍下来，回去让灰球他们无话可说。"

"灰球他们还算幸运，没有被大水冲走，这汾河一般不发水，但如果赶上下暴雨，决口了更难办，尤其是秋天，一般下雨少，一旦下起来就可能是连绵的大暴雨。"

"听说他们处处拜神，结果灰球在双林寺扭了腰，拜完水神又遇到洪水。他们真是不撞南墙不死心。"皮朋说。

"亏你还笑话人家，咱们可是因为你被绑票了，要不是脊兽和罗汉们及时沟通，你现在肯定不会站在这儿！"

皮朋听了不服气地哼哼着，"我寻访从来没偷过懒，这么厚的速写本马上就要记满一本了。至少咱们组没有到处拜神，都是靠自己努力！我记得临出来时脊兽吓唬我说，如果我贪图享乐，心灵会受污染，就听不到他们说话了。他们还说只有咱们百分之百地努力，神灵才会帮到我们，我就是一直百分之五百努力的。"

"先别说大话，现在咱们去一个重要的建筑寻访，看看那儿的大殿是不是和咱们的大殿相似。"

15

关帝庙里拜财神

从牛王庙一路南下后,经过一夜的修整,灰球、林克和炭罐精神饱满地站在解州关帝庙前。

"关老爷是管发财的,我要替我老爸好好拜拜,临出发前他千叮咛万嘱咐让我一定要拜关老爷,保佑我们家生意兴隆,领地不被外面来的豹子侵占。"林克和炭罐互相对视了一下,无奈地摇摇头。

正在他们准备进庙时,两只硕大的金钱豹无声无息地从后面走来,威武地站在他们身边。

"这个关帝庙怎么这么宏伟呀?其他地方的关帝庙都比较小。"其中一只感叹道。

"你不知道?因为解州是关羽关云长的老家呀!"毛色较深的另一只回答。

"原来如此啊！我只知道各处的寺庙里，关帝庙数量是最多的，这关老爷从武将变成神仙，据说中间的故事还挺多。"

"还不都是因为《三国演义》把关羽写成了形象完美、勇武忠义的'古今第一将'吗，远在刘、张、赵、马、黄和一众三国名将之上，让关羽名声大震。"深色豹子说道，"湖北当阳关陵有一副对联说：汉朝忠义无双士，千古英雄第一人。再加上各朝皇帝的推崇，他的地位就扶摇直上九万里，成了大帝了。"两只豹子嗓音低沉地聊着。

"其实以前关老爷没什么影响力，宋朝开始才时来运转，宋哲宗封其为'显烈王'，元朝因为罗贯中写了《三国演义》，关羽名声大噪，到了清代，顺治对关羽的封号居然长达二十六个字，我给你背背：忠义神武灵佑仁勇威显护国保民精诚绥靖翊赞宣德关圣大帝。"

"我还听说由于帝王的推崇，关公的命运扶摇直上，地位无比显赫，不但成为民间供奉的神明，而且成为帝王祭祀的神祇，还充当了皇家的保护神。佛、道两家也争相把关羽拉进自家教门，道教把他奉为'荡魔真君''伏魔大帝'，还附会编造了很多神迹。所以很多佛教、道教寺庙里有关帝殿，还有他的神像，是不是很有意思？其他神仙可没这个待遇。"

"你刚才说各地关帝庙最多，就是因为他是皇家、佛教、道教、民间的大神，有司命禄、保佑科举、治病消灾、驱魔避邪、招财进宝等神功，所以民间各行各业、男女老少都对关老爷顶礼膜拜。"

"走，咱们进去看看，庙内有一副著名的对联：

三教尽皈依，正直聪明，心似日悬天上。

九州隆享祀，英灵昭格，神如水在地中。

你知道对联的作者是谁吗？"

"这你问对豹子了,清乾隆状元,南宋大奸臣秦桧之后人秦涧泉。呵呵,他的故事我一会儿给你讲。"

三个小伙伴默默地听着,钦佩地看着他们走了进去。

"真有学问呀!灰球,你看看人家,同样也是豹子,根本就不提拜财神的事。"

"他是他,我是我,懂的学问再多,也不能当肉吃,哪有我们家的一座山头实惠。哼,咱们也进去。如果灵验,我建议咱们修大殿时也给关公塑个像。"

灰球站在关公像前双爪合十，低下头虔诚地祈祷着。林克和炭罐观察着大殿的结构，"刚才我从外面看建筑外观，和咱们大庙有很大区别，这里的建筑没有那么苍劲古朴，倒显得非常华丽秀美。"

　　"因为它年代较近吧，最早是隋朝建造的，后来各朝代多次维修，清康熙时被大火烧毁了，咱们现在看到的建筑都是那以后重建的。"林克说道。

　　"怪不得，从建筑形式上看对咱们维修大庙帮助不大，但可以了解到关羽从武将到神仙的过程，也不错。以后咱们要是遇到关帝庙也知道来龙去脉了。"炭罐摇头晃脑地说。

"要是遇到老爷庙，你进不进去？"林克问炭罐。

"老爷庙？听着就不带劲儿，不去！"

"哈哈，这你就不懂了，关帝庙不仅数量多，名称也不少。专门祭祀关羽的寺庙名称有关帝庙、关圣庙、关王庙，等等，还有老爷庙。你要是碰到老爷庙，别说不认识啊。"

"原来如此啊！你这家伙懂得真多，真没想到。还有什么名称？"炭罐问道。

"刚才说的是专门祭祀关帝的，还有合祭的，比如三义庙，就是祭祀刘备、关羽、张飞的；五虎庙是祭祀关羽、张飞、赵云、马超、黄忠，西蜀五虎上将的，这些是我临出发前，去熊镇图书馆翻插画书时偶尔看到的，就记了下来，咱们都得知道。"

"你这么一说我想起来了，熊跑溪上游地区的蓝熊镇就有一个五虎庙，我还以为那是他们祭祀五只虎神的庙呢，我建议太戈去看看，他也没理我。"

炭罐看灰球还在没完没了地拜着，就冲林克挤了挤眼，悄悄从后面溜过去，对着灰球的腿肚子一踹，灰球一下跪在地上。"拜关公还不跪下，怎么保佑你们家发大财呀！"说完和林克笑着跑出大殿。

灰球起身追出来，想用大尾巴把他们绊住，炭罐和林克紧跑几步，躲在门口遇到的两只大豹子身后。"你们几个小家伙从进了庙门就不老实，吵吵闹闹的。"金钱豹说着把他们仨拽到一起。

"我们在门口听你们说关帝的来历，觉得你们特别有学问，所以一直在讨论呢。"灰球说道。

"讨论出什么结果了？"

"关老爷是全能之神！"

"最关键是财神！"灰球嚷道，"可他们不让我拜，总捣乱。"

"哈哈,你们几个捣蛋鬼,要学习关公忠义、仁勇的精神,小小年纪,千万别学歪了。我问问你们,既然你们说关公是全能之神,那他一般情况下是被归在佛教、道教还是民间啊?"

"这个?"三个小伙伴你看看我我看看你,挠着头不好意思起来,"刚才在庙门外偷听你们说话,好像哪个里面都有。"

"你看看,讨论了半天还是没讨论清楚。"两只豹子笑起来,大尾巴一扫说:"告诉你们吧,因为道教是中国土生土长的宗教,对关羽的争取自然更胜一筹,把他用各种神迹进行美化宣传。所以一般认为关帝庙是道教的,这里就是最大的和关帝相关的道教建筑群,记住了!"

灰球一听,似乎有所领悟:"还是本地的神仙互相提携照顾,咱们熊镇来的也要互相帮助,所以你们两个不许在我拜神的时候给我捣乱。"

16

小材大用

熊鎮的故事

咚咚咚，弗雷迪使劲儿敲着崇明寺的山门，可一直没有回应。太戈和皮朋焦急地在寺前的小广场上转圈。"咱们好不容易翻山越岭来到这儿，要是进不去可就糟了，这个寺庙可是宋朝时建的，和咱们大庙建立的时间最接近。"

"快看，这儿贴着一张纸条。上面有看寺动物的信息：想看崇明寺，到村西头找狐狸大叔。"弗雷迪用胖熊掌指着门上的纸条念道。

"我去找,一定把他找来给咱们开门。"皮朋说道,理也不理太戈伸出来阻止他的虎爪,一溜烟向村子里跑去。

弗雷迪和太戈焦急地在寺前等待,一会儿,远远地传来突突突的响声。一只火红色肩上有黑毛的老狐狸开着一辆三蹦子来了,车斗里坐着皮朋,隐隐约约还有个动物。等三蹦子开到眼前,才看清原来是个小猪姑娘。皮朋跳下车,弗雷迪和太戈瞪着他不说话。皮朋理直气壮地说:"她自己非要跟来,我可没招惹谁,不信你们问他。"说着一指老狐狸。

老狐狸慢悠悠地下了车,从腰里掏出一串钥匙走向山门。太戈伸出虎爪在皮朋眼前晃了晃,算是对他的警告。

老狐狸推开山门，弗雷迪、太戈和皮朋急切地跨过门槛来到山门廊下。"快看，太戈！咱们真是不虚此行！"弗雷迪说着，搂着老狐狸跳着，"太谢谢你了，要不是你留了纸条，我们就看不到这么棒的古建筑了。"皮朋好像没听见似的，自顾自地拉起小猪姑娘走进院子，太戈看到冲他的屁股就是一爪，皮朋回头瞪了一眼，依然我行我素向大殿走去。

"太戈，我以前跟你说过，唐宋辽金的古建筑，用八个字形容'斗拱雄大，出檐深远'，今天你仔细看看崇明寺前殿，是不是这样？"弗雷迪指着眼前的大殿。

"等等，我在拍照，哎呀，这屋檐挑出来太远了，我的相机都拍不全，只能从左到右分两次拍。"太戈举着相机后退到极限还是不能拍全整个建筑，"我怀疑这是不是出挑最深远的屋檐？一会儿咱们量量尺寸，晚上和灰球他们交流一下。"

"来来来，快看大殿的斗拱有多大，你们两个爬上去都能藏在里面了。"老狐狸自豪又夸张地说，"我们这个前殿虽然小，才三开间，歇山顶，但它有很多特点，可以说是最好看的古建筑之一，很多有学问的大教授甚至还有外国专家都特意来考察呢。"

太戈拍完照，捅了一下弗雷迪，"听见了？咱们到这个地方寻访算是来对了。"

"我们崇明寺又名狼谷寺，坐北朝南，两进院落，创建于北宋。"老狐狸做了个请的姿势，边走边说。弗雷迪冲皮朋喊道："嘿，你听到了吗？这儿原来叫狼谷寺，说明附近山谷里有大灰狼，哈哈。"皮朋坐在院子一角，掏出他的速写本，扭头冲弗雷迪吐了吐舌头，一边记一边和猪姑娘热络地聊着。

老狐狸指着前殿台阶上一通石碑："你们谁去念念上面写的什么？"皮朋一听赶紧跑过来，"我看看，我比他们两个古文学得好。"说着从石碑左侧开始念："淳化二年岁次辛卯……"老狐狸扑哧一下乐了，"你应该从右往左念，你这古文学得真好。"

猪宝不服气地哼哼了两声："熊镇长那天就是这么念的，怎么了？"弗雷迪和太戈已经笑得弯了腰，"你学谁不行，非得学他。"

老狐狸指着碑文说，"石碑叫《敕赐崇明之寺》碑，是北宋淳化二年（991）立的。看这儿怎么说，'寺始自开宝之初'，据专家考证，是开宝四年，也就是971年，距今超过一千年了。"

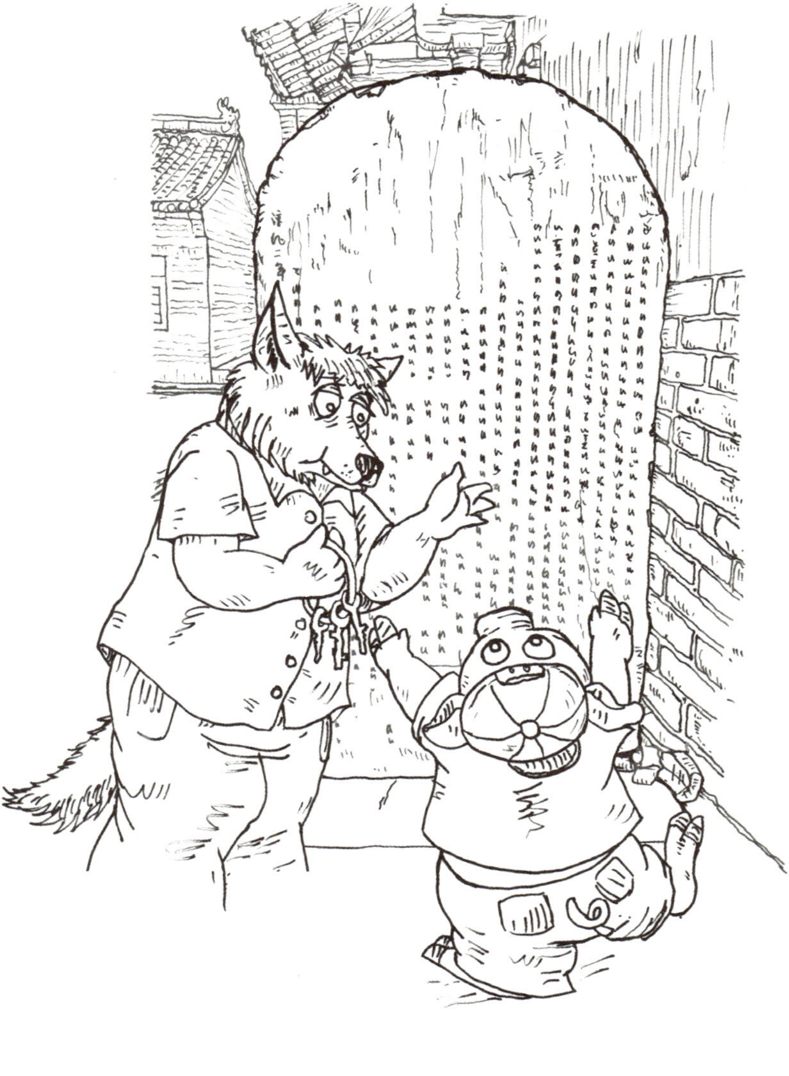

太好了，找到大庙原型了！

"等等，你们还记得咱们大庙挖出来的石碑上怎么写的吗？"皮朋想为自己捞回名誉，他从挎包里找出一个小本，翻看着，"哎呀，你们看看，也是大宋淳化二年岁次辛卯七月戊戌朔二十一日戊午，和崇明寺立碑的时间完全一样，是同一天同一时辰，这也太巧了吧！简直是一南一北遥相呼应！只是咱们大庙的石碑没有记载什么时候开始修建的，但肯定和崇明寺前殿差不多，也许还要早过这里呢。我们找到和大庙相近的建筑了，太棒了！"三个小伙伴搂在一起，高兴地蹦着转着，看得老狐狸丈二和尚摸不着头脑。

　　"咱们今天不走了，晚上就住在这儿，非把它仔仔细细看透了才行。"弗雷迪说着看向老狐狸，"麻烦您允许我们晚上住在寺里，时间很紧张，我们晚上也要测量，但保证不惹事，保证安全。"老狐狸为难地挠着头，"我看还是住在村里吧，白天再测量也不迟。这可是国宝古建筑啊，要是出了问题，我就没有尽到保护它的责任，这可承担不起。"

　　皮朋一听赶紧附和："对对，还是住在村里吧，这深更半夜的，又处在野狼谷里，不安全，是不是？"说着冲猪姑娘笑了笑。太戈看在眼里，气不打一处来，伸出两个爪尖在皮朋的屁股上一掐，皮朋嗷地叫了一声躲到一边去了。

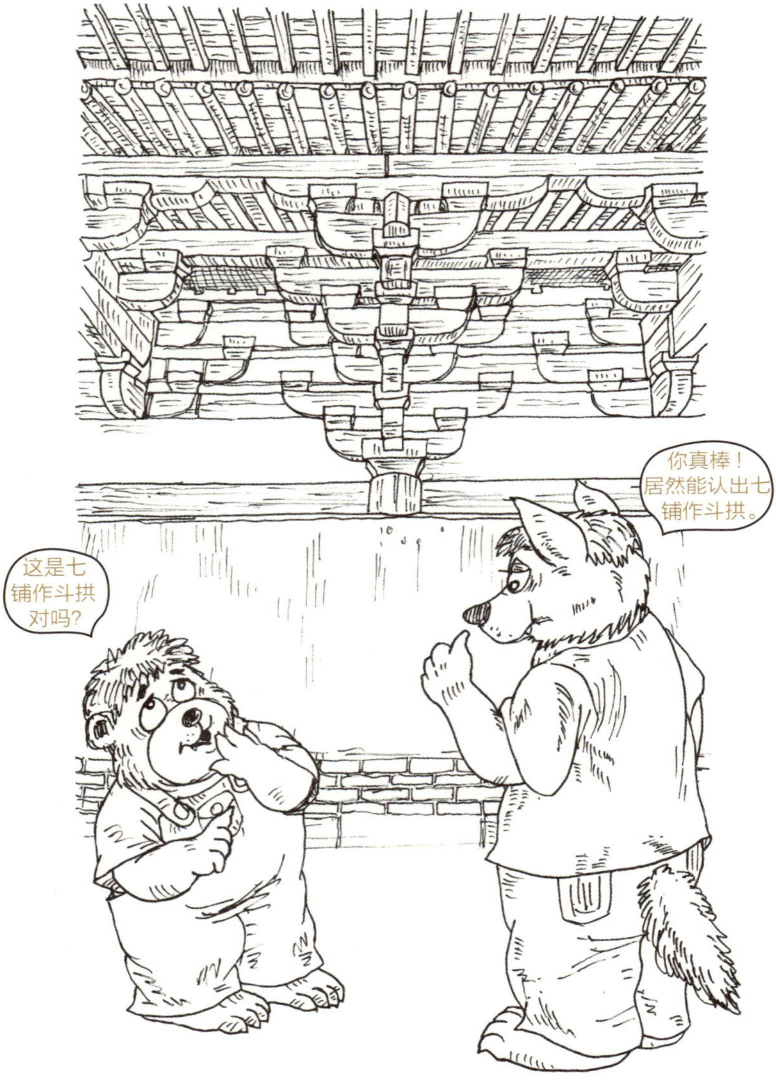
这是七
铺作斗拱
对吗?
你真棒！
居然能认出七
铺作斗拱。

老狐狸没再纠缠，指了指头顶上的斗拱问道："谁知道这是几铺作斗拱？"太戈一听马上把弗雷迪推到身前说："他知道，他和他老爸寻访过古建筑。"弗雷迪不好意思起来，抬头望着硕大的斗拱，伸出胖胖的熊掌，嘴里数着："一、二、三、四，向外出四跳，再加三，等于七，是七铺作，对吗？"说着期待地看着老狐狸，"我老爸说现存古建筑里没有比七铺作更大的斗拱了。"

"我真吃惊，你这么个小家伙居然能认出这是七铺作斗拱！看来我真是老了，后生可畏呀！"说完摇着头用钥匙打开前殿的门迈了进去，"来来来，殿里面的学问更多，我给你们讲讲，看看和你们那个大殿一样不一样。"太戈装模作样地对弗雷迪鞠躬膜拜，弗雷迪吐了吐舌头，一熊掌把他推进了门里。

"你们抬头往上看,看中间那根梁有什么特点?"老狐狸指着房顶中间的一根梁问道。

三个小家伙仰着头仔细看着,只听咕咚一声,皮朋一个后仰摔倒在地上。"他的小蹄子支撑面积小,不能后仰太厉害。"弗雷迪笑着说。

"这根梁怎么那么细啊,而且中间有个缝,是断的吗?下面还有一根细梁托着断梁。"太戈指着房顶问,"这里面的梁怎么都这么细?没有一根又粗又长的大梁。"

"对了,这就是它的特点。这叫'小材大用'。建寺庙时这里估计没有大树,再说即使有大树,要运到这山坡上也太费事了。工匠们只有又细又短的材料,但他们发挥聪明才智,通过小木材的巧妙组合,完成了大木材的作用,解决了没有大木料做梁的难题,这就叫'小材大用',非常了不起。这里面有很好的力学原理,等你们长大了,肯定能明白的。"

"小材大用！皮朋，你一定把这个词记下来，真是太有用了。咱们熊镇四周虽然有很多大树，但要是把它们砍伐了多可惜呀，环境受到破坏，熊镇也好不了，所以咱们也要用'小材大用'的方式修大庙。"太戈兴奋地说。

"就怕镇长不同意，他肯定会找各种理由用最好的木头，比如坚固耐用之类的说辞。"皮朋一边记一边说。

"咱们把结构记录下来，让他好好看看，用这种方式建造的大殿一千年都没问题，说明当时的工匠很聪明，在条件受限的情况下，很好地解决了问题。"弗雷迪认真地说，"不过，我老爸说了，大殿维修还是要遵循原来的结构和形式，不能随便改，这是尊重历史。"

"对呀，大殿维修不能乱来，不过，要是新建房子倒是可以用'小材大用'的方式。"太戈补充道。

17

皮朋去哪儿了

熊琪的故事

一直忙到将近午夜,弗雷迪、太戈和皮朋听从老狐狸的建议,回到村委会吃饭。饭后整理完白天的记录和照片,三个小家伙躺倒在院子西厢房的大炕上,皮朋的鼾声在他的脑袋即将碰到枕头的一刹那响了起来。太戈拍了他一下说:"小点儿声,还让不让我们睡了。"皮朋只是哼哼了一下,就再也不理他们了。

"大胆!你们就不怕罗汉、菩萨惩罚你们吗?"太戈在黑暗中大吼了一声。弗雷迪受到惊吓一下子坐了起来,用熊掌推了推右侧的太戈,"醒醒,你是不是做梦了?"太戈翻了个身,睁开的眼睛闪着幽幽的绿光,"确实做了个梦,梦到那几只大狼又来捣乱,要把皮朋劫走。"说着他坐起来向自己的右侧踢了一脚,皮朋睡在那里,可没想到踢空了。他赶紧用虎爪摸了一把,皮朋睡觉的位置只有一团毛巾被。

"现在几点了？"太戈问道，"皮朋去卫生间了吗？"

"我正好也要去，现在4点半，天马上要亮了。"说着弗雷迪溜下床开了门来到院子里。一股清冽的空气让他来了精神，他悄悄地靠近卫生间，突然拉开门大吼一声："你这只野猪往哪儿跑，恶狼来抓你了。"一面张牙舞爪地冲进去想吓唬一下皮朋，可是卫生间里静悄悄的，根本没有皮朋的踪影。

弗雷迪觉得没趣，转身出来在院子里喊道："皮朋，你躲哪儿去了，快出来。"院子里安静极了，只有远处几声清脆的鸟鸣传来。

太戈也来到院子里，他们一起把所有房子都看了一遍，没有找到皮朋。又看了院门，果然门栓是拉开的，肯定是皮朋开了门出去后又从外面把门关上了。

弗雷迪和太戈在院子里焦急地转着圈，"你倒是想想该怎么办？"太戈挥着虎爪不耐烦地问道。

"别催我，我心里也乱着呢，"弗雷迪搓着熊掌忽然停了下来，"走，咱们去老狐狸家，看看皮朋是不是在那儿？这家伙没准儿又去找小姑娘了。"

"对呀！快走。"太戈说着跑回房间拿了院门的锁和钥匙，锁好门和弗雷迪一起向老狐狸家跑去。

隔着门缝听到老狐狸骂骂咧咧地走出来，"谁呀，还不到五点就敲门，你家粮食叫人偷了吗？搅了我的好梦！"

"我们的猪不见了！"太戈慌慌张张隔着门喊了起来，虽然情况紧急，弗雷迪还是忍不住笑了起来。

哗啦，门栓被拉开，老狐狸愣住了，"怎么是你们俩？你们的猪不见了？难道是那个叫皮朋的不见了？"

"对!"弗雷迪和太戈齐声答道,"刚才起来才发现他不在了,也不知道什么时候出去的。他之前就被野狼套住过一次,这次又不见了,我们很着急,所以来找您,想看看他是不是去找小猪姑娘了。"

"那姑娘家住得不远,走,我带你们去。"说着跨出门槛,领着弗雷迪和太戈向街角走去。村里静悄悄的,除了树上的鸟儿,没有其他动物的踪影。老狐狸拍了拍一个小院的栅栏门,冲里面喊道:"开门,你家姑娘把人家小伙儿拐走了。"

屋门慢悠悠地开了,从里面出来一只黑野猪,"嚷嚷什么呀,你这只老狐狸觉得我家的名声太好了是吧,开始造谣了!"说着来到门口打开栅栏门,把他们请进院子。

"大叔,和我们一个组的皮朋不见了,他白天和你家姑娘在一起,所以想问问……"弗雷迪说着说着不知道怎么往下说,怕大猪不高兴。

"你就说你家姑娘在不在吧,别让这两个小家伙着急了。"

"不在!"说着转身就往回走,弗雷迪急了,抢上前拦住他说:"我们只是想知道他们是不是一起出去玩了,没有别的意思。我们今天还要赶往下一个地方,耽误不得。"

"他们都叫你大叔了,你平时在村里哪有这个待遇,别让小孩子为难,我刚才也是开玩笑,你别不识逗,快说吧。"老狐狸晃着大尾巴说。

"看在两个小家伙的分儿上,今天饶了你。"大猪坐在房檐下不紧不慢地说,"这不上党八音会马上就要开了吗,昨天晚上是第一次彩排,各村的队伍都要去镇里走一遍场子,也顺便摸一下各村的实力。我家亲戚也有人参加,因为我那姑娘喜欢跳舞,就把她也带上了。她白天认识了那个叫皮朋的小家伙,挺投机,就叫上他一起去了,没想到他没告诉你们。"

"昨天他们吃完饭都快午夜了,彩排该结束了,这儿离镇子也不近啊,去也赶不上。"老狐狸怀疑地问。

"我骗你干吗!昨天晚上因为场子还有别的活动,所以临时改在后半夜彩排。"

弗雷迪和太戈对视了一下,太戈恶狠狠地说:"这个皮朋,这么大的事都不说,让我们这么着急,等他回来看我怎么收拾他。"

"哦,你这么一说我倒是觉得有趣,"老狐狸指着黑野猪说,"我刚才被他们两个叫醒时正在做梦,梦见崇明寺屋檐上的脊兽对我说,老狐狸,你怎么没去看上党八音。我说还没到时候呢。脊兽说,今天你真应该去看看……我刚要问为什么,就被这两个小家伙吵醒了。你说奇怪不奇怪。"

他们都叫你大叔了,别让小孩子为难。

弗雷迪和太戈面面相觑,都在心里忍住没有说话,谢过大猪后和老狐狸出了院门。"我们现在回村委会,吃完饭麻烦您和我们一起去崇明寺,我们把剩下的工作做完。"

"好,一会儿我去找你们。"

弗雷迪和太戈向村委会走去,"肯定是脊兽在给我们传信,但因为天亮了,我们听不到,所以就托梦给老狐狸,让他告诉我们。"

"皮朋这家伙太不像话了,怎么对得起脊兽的苦心啊。"太戈仍然怒气难消。

"知道他的下落了,咱们心也就放下一半了,今天上午先去庙里把剩下的活儿干完,下午咱们还得往南去呢。"弗雷迪安慰着太戈,"等皮朋回来了,咱们让他驮着咱俩的行李往南走,算是对他的惩罚。"

"晚上吃饭让他请客。"太戈的气消了一半。

弗雷迪和太戈正在崇明寺内测量、记录、拍照，就听门口一声兴奋的高叫："我回来了！"皮朋撞开庙门跳进院子，"嘿，你们两个，我昨天晚上可长见识了！"

弗雷迪瞪了他一眼，继续忙着在皮朋的大厚本子上记录。太戈装作没看见皮朋，继续测量窗棂的尺寸。皮朋一看，立刻明白怎么回事，他慢慢地走近，忽然从挎包里掏出一件东西，对着弗雷迪的耳朵吹了一下。

"哎呀，捣什么乱！"弗雷迪和太戈同时转过身揪住皮朋。

"看，这是什么？"皮朋倒是一副大大咧咧满不在乎的样子，举着一个喇叭样的乐器，神气地问道。

"贪吃贪睡不干活,晚上去夜游,现在还捣乱。"弗雷迪和太戈把皮朋按在大殿柱子上,皮朋仍然高高地举着乐器,嘴里不停地说着,"哎呀,你们别太小气了!我也是看你们白天太辛苦,就没忍心叫醒你们。我晚上可不是夜游,我是考察上党八音会去了,虽然和咱们的大庙维修没有直接关系,但了解当地的文化,看看人家是怎么保留和传承文化的,对咱们熊镇和熊跑溪上游地区也有借鉴作用啊。"

"可我们担心你又被野狼谷里的坏家伙绑架了,你知道吗,你去夜游还惊动了脊兽,托梦给老狐狸了。你说,你鬼鬼祟祟的是何居心,别净说好听的,什么看我们太辛苦,你至少可以说一声啊。"太戈冲皮朋吼着。

"告诉你们等于去不成!哼!"皮朋趁太戈和弗雷迪一松劲儿,挣脱开闪到一旁,"告诉你们吧,我这一晚上收获可大了,你们先听我讲完,如果还生气,你们想怎么处置我都行。"

弗雷迪和太戈互相看了一眼,"好,先让你嘚瑟一下,"说着放下工具和笔记本,坐在台阶上,"说吧,把你和小姑娘的经历从实招来。"

"你看你们俩,心术不正,哼!我不跟你们一般见识。"说着晃了晃那件乐器,"知道这叫什么吗?嗨,算了,料想你们也不知道,告诉你们吧,这叫唢呐,号称吹奏乐器高音之王,只要它一响起来,别的乐器要想超过它就是妄想。"

太戈看着眼馋,又不好意思马上要,眼巴巴地盯着。皮朋看出来了,大方地把唢呐递过去,太戈伸出虎爪刚刚碰到唢呐,皮朋又一下收回,迅速塞到弗雷迪的熊掌里,"太戈,你刚才对我那么凶,你的爪尖都掐到我肉里了,不能让你先看。"太戈气得要起来追打皮朋,被弗雷迪按住,把唢呐递给他。

皮朋笑嘻嘻地说:"演出真是太精彩了!各村的队伍都拿出了绝活儿。演出结束后,我非常好奇,去和村里的队员聊天,他们看我实在喜欢上党八音,就大方地送给我一件乐器。当然了,我不会独占的,这个唢呐属于咱们三个。"

"这还差不多,"太戈一下转怒为喜,"你倒是说说,看到什么了?"

"嘿,我给你们说三天三夜都说不完,今天我先简单说一下,以后每天晚上睡觉前我都给你们讲。"皮朋一看太戈不生气了,更来了劲头。

"你这只碎嘴唠叨的野猪,快点儿!"弗雷迪不耐烦地说。

"昨天晚上我怕咱们三个一起出去都不睡觉,白天的工作会耽误,所以就想,还是我辛苦一趟吧,让你们好好休息一下。"皮朋说着打了个哈欠,太戈用虎爪扫了他一下,"得了便宜还卖乖,不听了!弗雷迪,咱们干活去。"

"别别别,我真是心疼你们。我假装睡着了,等你们呼声响起来,我怕吵醒你们,足足忍了半小时,才起来带上相机去找小猪妞,和村里的队员一起坐货车去镇子上。出了村一路上他们的唢呐手就不停地吹,我的耳朵都快被震聋了。到了镇子一看,那儿的广场上搭了个舞台,▶▶

很有地方特色。"皮朋绘声绘色地讲着,太戈把唢呐对着他的耳朵做了个吹奏的动作,吓得皮朋后退两步,差点儿跌倒。

"你那对大耳朵聚声,快说说村里演出的情况。"弗雷迪笑着说。

"这村子的水平在全部 10 个队里肯定能排到前三。"皮朋摇头晃脑兴奋地说。

"前三?不得第一就是我们村的失败,过去五年,我们得了四次第一。"老狐狸不知什么时候从后院走过来打断了他。

"反正我也不太懂,就觉得挺好的。他们不仅演奏,还表演各种舞蹈,小猪妞也上去了,戴着头花,摇着扇子,可好看了!""演奏的是什么曲子?有咱们知道的吗?"太戈好奇地问。

"你真老土,上党八音是民间音乐,你知道的都是流行歌曲,能一样吗!"皮朋不屑地说。

"八音?是八音盒吗?还是八个人唱歌?"弗雷迪问道。

"都不是,是八种乐器,有敲鼓的,敲锣打钹的、吹笙箫笛子的,当然还有吹唢呐的,我也记不清了,反正这是国家级非物质文化遗产。"

"你这熊镇来的也见了世面了!"弗雷迪和太戈看着皮朋笑开了花,"居然还讨了个唢呐。"

"这可不是我讨来的,"皮朋一点儿也不在乎他们的嘲笑,"演出结束了,我特别兴奋,就凑过去也想试试,敲鼓这些没意思,我就想试试唢呐,它的音太高亢了。没想到村长从他的口袋里摸出一支,说这是备用的,你这么喜欢就拿着吧。""一定是小猪妞的亲戚,要把你留下。今天你就别跟我们一起南下了,留在这儿吧。"太戈说着,拉着弗雷迪向殿后走去。

"我看出来了,你们两个小家伙合伙欺负他。"老狐狸坐在廊下慢悠悠地说。

"就是,他们两个最坏了!所有我不能单独留下,一定要跟着他们,一路教育他们改邪归正。"皮朋说着,抄起他的大笔记本,加入到测量记录工作中。

# 18

移动的大庙

熊鎮的故事

灰球沮丧地坐在酒店门口的台阶上，林克和炭罐在门前停车场整理摩托上的行装，时不时小声嘀咕一下。看着时间不早了，林克过来不由分说一把拉起灰球："走吧！别不开心了，钱包丢了也没办法找回来了，好在损失不大，我们俩的钱凑在一起，够咱们支撑这次寻访了。"

灰球低着头，不情愿地嘟囔了一句："以后再也不拜神了！"林克向炭罐吐了吐舌头，炭罐看了灰球一眼，继续整理行李。

"我算是领教了，在双林寺拜神扭了腰，广胜寺拜水神结果遇到洪水，解州关帝庙拜财神，昨天晚上逛街丢了钱包。昨晚太开心了，在夜市上看了好多地方特色商品，买吃的都是你们出的钱，所以我都不知道钱包什么时候丢的，今天早上结账时才发现。"灰球走到他的摩托旁，从挎包里取出一大包肉干，分成了三份，自己留了一份，其他两份塞进林克和炭罐的包里，"这算是我的补偿，这是我老爸做的最上等的肉干，一路上没舍得吃，想到关键时刻能顶用，现在平分了。"▶▶

炭罐把肉干凑到鼻子底下闻了闻，"你这个富二代昨晚居然一毛不拔，都吃我们俩的，现在后悔了吧。"边说边晃晃肉干，"这个我们就不客气了！这种肉干在熊镇我只能隔着橱窗看看，这次可算能尝一尝了。"

"我忽然想到一件事必须做。"灰球认真地说，"咱们下一站考察完，要把一路记录下来的资料打个包，用快递寄回熊镇，要是辛辛苦苦记录的资料丢了或损毁了，咱们可没脸回熊镇了！"

炭罐一拍灰球的大毛脑袋，"哈哈，你终于怕了！你这个队长除了爱拜神，其他还不错，就听你的。"

林克抬头看了看天说："咱们要快点儿出发了，今天要赶到芮城，路上要翻一座山，也不知道道路好走不好走。"

"别担心，那座山叫中条山，不高，也就两千米。"炭罐说着戴上头盔发动摩托，慢慢驶出了院子，"我来领骑，你们快跟上，翻过中条山，咱们就到芮城永乐宫看壁画去。永乐宫可是纯正的道教宫观，据说道教神仙吕洞宾就出生在当地，为了纪念他才建的永乐宫。"

"炭罐，你的话只能信一半，"灰球把摩托停在永乐宫门前，摘下头盔说，"中条山是不高，可路上急弯太多了，亏了咱们技术好，否则非出事不可。"

"快进去，天黑之前要把永乐宫看一遍，明天再详细收集信息。"炭罐确认了一下车辆和行李的安全性后，率先跑进了山门，边跑边指着门上的匾额喊道，"无极之门！这名字真好听，是不是这里无限宽广能包容一切呀。"林克扭头看了看灰球说："嗯，这字和匾额配在一起真是太漂亮了，咱们回去也开始练字吧。"

"我们豹子从来没出过书法家，你倒是可以试试。"灰球举起相机给匾额拍了一张照片，然后和林克站在无极之门下面仰头看了看屋顶结构，才一前一后进到第一进院子。

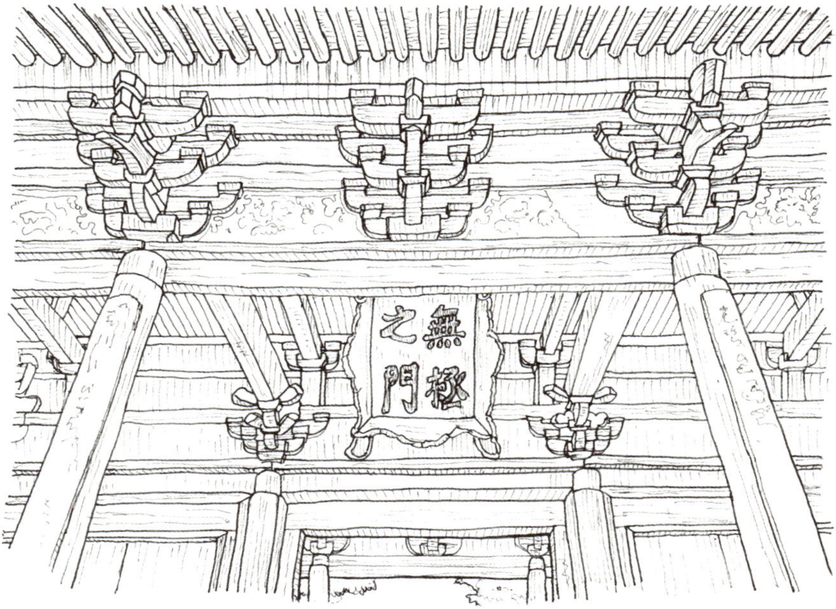
無極之門

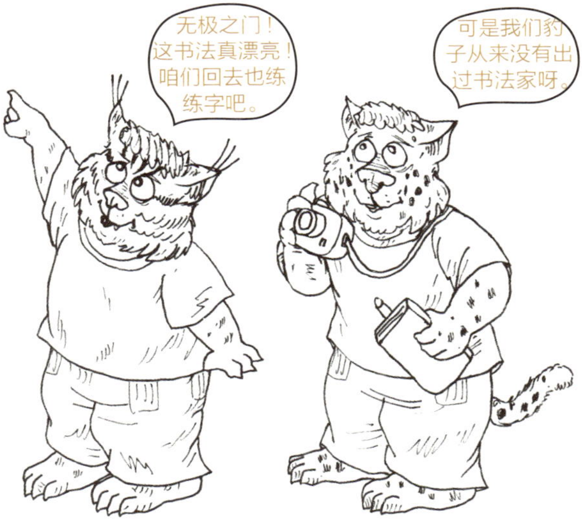
无极之门！这书法真漂亮！咱们回去也练练字吧。
可是我们豹子从来没有出过书法家呀。

"这个地方和咱们的大庙不一样,你们发现了吗?"等灰球和林克走到院落中间望着眼前的大殿时,炭罐已经从前到后绕了一圈回来,喘着气问道。

"怎么不一样了?这个大殿是七开间,比咱们的大殿多两开间,看着真气派呀。"灰球说。

"不是,你们没发现吗,这里只有中轴线上有古建筑,一个山门,三个大殿,两边没有,咱们的大庙可是有东西厢房配殿的。"

"这不奇怪,可能因为这里不是它的原址吧。"灰球说着向第一个大殿走去。"你别瞎说,这可是元代的古建筑,如果从动工开始算,有七百多年了,它还能自己挪地方?"林克不满地说。

"哼，每次去图书馆查资料你都找借口不去，这些信息我和炭罐事先都知道。"

"炭罐，是这样吗？我才不信，你说说怎么回事？"

炭罐敲了一下林克的脑袋说："永乐宫原来在永乐镇，距离这儿二十多公里。因为修水库才搬迁到这儿的，要是不搬就被淹了。"说着跟上灰球来到大殿前。"你们两个胡说，我才不信，这么大一个庙能搬迁，这房子一拆不就散架了，亏你们编得出来。"林克不屑地唠叨着。

这时空中一道黑影从他们眼前一闪而过，三个小家伙赶紧后退两步，一只老鹰落在大殿旁的树枝上，对他们叫道："这里是清净的地方，你们三个这么吵可不行。我是这里的管理员，过来提醒你们一下。要是不听话，我就用爪子把你们抓到后院关起来。"

炭罐走到树下，仰头对老鹰说："吓唬我们可不算本事！我们在争论永乐宫是不是从别的地方搬过来的，他不信。"说着一指双爪叉腰的林克。

"这个嘛，我先不急着告诉你们，时间不早了，你们还是趁现在天亮，赶紧去大殿里看看壁画吧。"老鹰说着，翅膀一展从他们头上掠过，还不忘撂下一句，"进了大殿可要安静点儿，不许吵闹。"

三个小伙伴这下安静了，默默地注视着第一个大殿。"无极之殿！又是无极，大门是无极之门，大殿是无极之殿，这个无极到底是什么意思？"炭罐指着庑殿顶大殿正中的匾额问道。灰球和林克挠着脑袋嘟囔着："这个我们也不知道，一会儿问问老鹰吧。"

大殿里光线暗淡，窗户都用布遮住了，隐隐地可以看到四周墙面上铺满了壁画。啪的一声，炭罐打开了手电，一束光照在墙面映出恢宏的壁画。"我就知道你们会擅自行动！"黑影里传来一声喊叫，吓得三个小家伙紧紧靠在一起，手电筒乱照一通。"别照了，我在这儿。"一个黑影从房梁上一下滑到他们眼前，还是那只老鹰。"你不是飞走了吗？什么时候进了大殿？我们怎么一点儿也不知道。"

"要是能让你们听见，我还怎么捕食羚羊、山鸡养家糊口啊，有一种技术叫空中滑行。快点儿把你们的手电筒关了，这里只有我可以用专用的提灯给你们讲解。"说着，老鹰到墙角桌子上取来一个大号提灯，打开后柔和的光线一下照亮了一大片壁画。

"还是这个好，看的范围大，光线柔和还不伤壁画。"林克说着凑到老鹰跟前。

"你们现在站在无极之殿内，无极殿也叫三清殿，是永乐宫的主殿，后面还有纯阳之殿和重阳之殿，再加上最南面的无极之门，构成了永乐宫的四大建筑。"老鹰自豪地说着，"几个大殿里都有壁画，一共有一千多平方米。现在这幅壁画叫《朝元图》，所谓'朝元'，就是诸神朝拜元始天尊的意思。"

"元始天尊是谁？"炭罐问道。

"这是道教里的神仙，我一会儿给你们讲。咱们先说壁画。"老鹰的提灯停在一位天神上，"你们看，这幅画像有多高？"

"至少两米高。"灰球说道。

"他有三米高，而且不止这一个，你们看。"说着老鹰移动提灯，随着光线所到之处一一数着，"二、三、四……一共八尊画像，都是三米多高。这八个是主像，加上其他的神仙，有将近三百个形象。"

"那么多，比咱们大庙的壁画可丰富多了。"林克感叹道，"你们看，画得多生动啊，我最喜欢他们衣服上的线条，特别流畅，真像在空中飘动的感觉，但又显得特别有力量，这画家水平真高。"

"我喜欢他们的表情,每一个都不一样,绝对不是标准画法的复制,你看那个主神多庄重,像我老爸。"灰球说着不由自主地挺直了胸膛,林克和炭罐却捂着嘴笑得弯下了腰。

"你们都没说中关键点,我最喜欢他们的色彩,他们穿的衣服太华丽了。你们仔细看,有的地方有凸起,上面都是金色的。"

"这叫沥粉贴金,"老鹰缓缓挪动着脚步,"你们要记住,这可是元代壁画最杰出的代表!还有一处你们不知道,这些壁画是谁画的?"

"我们寻访了不少古建筑,里面的塑像、壁画都不知道是谁的作品,就连建筑是谁设计的都不知道。"

"以前把这些人都叫作工匠,地位不高,所以都没有留下名字。可《朝元图》却有创作者的题款,是个叫马君祥的和他儿子马七带头绘制的。"

"可惜不姓豹，要不然你又该骄傲了。"炭罐说着推了一下灰球。

"对了，我要问问你们两个'骗子'，"林克指着满墙恢宏的壁画说，"这么大的壁画，是怎么从别的地方搬迁来的，你们说说这可能吗？"灰球和炭罐望着满墙的巨幅壁画一时不知如何回答，着急地直跺后爪，"反正给搬来了，你不能因为不懂就否定。"

"你们别吵了，我的脑袋都疼了，还是我来说吧。"老鹰把提灯挂在大殿里的一个架子上，一纵身跃了上去，"永乐宫和壁画确实是从永乐镇搬迁来的。"

"哈哈，林克你听到了吗？事实不容否定！"灰球和炭罐击掌相庆。林克不服气地问："这么大的壁画怎么搬啊，老鹰大伯你倒是说说呀。"

"这个确实大费周章,你们这些小朋友很难想象。那是20世纪50年代,因为永乐宫位于要修建的水库淹没区,需要搬迁。可这些壁画经过七百多年,酥碱严重,黏结力大减,极易损坏。经过仔细研究,壁画搬迁确定了临摹、揭取、修复的三步原则。而且揭取顺序是无极门、重阳殿、纯阳殿、无极殿,也就是这座三清殿。把最精美的三清殿壁画放在最后,就是考虑到越往后,技术越熟练,揭取质量越高。揭取的时候用能工巧匠们认真研究发明出来的几种特殊的锯,把壁画特别精细地切割成了341块,每一块都打上编号。这个过程说着简单,做起来可需要最大的责任心、最大的耐心和最高超的技术。"

"这些工匠太伟大了!为我们保留下这么好的壁画。咱们要把这个故事告诉熊镇的动物们,维修咱们的大庙,也要有这样的工匠精神,要让修好的大庙和原来一模一样,这样熊镇的后代也能看到真正的大庙,否则我们就是历史的罪人了!"灰球对林克和炭罐说。

林克点点头,接着问道:"那运到这儿之后又是怎么修复的?"

老鹰忽闪了一下翅膀说:"运送的过程也是非常周密,要用特殊的木箱装切割下来的壁画,四周还要填充软质材料避免磕碰。一路上都是丘陵地带,起起伏伏很是艰辛。修复的时候先把壁画按编号重新安装好,仔细封护加固表面,然后再用胶泥填缝,最后按临摹的壁画修复表面,保证和原来一模一样,才算大功告成,你们猜猜一共用了多长时间?"

"怎么也得一年吧?"炭罐回答道。

"从1957年制定搬迁方案到1966年完成搬迁一共用了九年!"老鹰说着抬起一扇翅膀指了指壁画,"古代的工匠创作了恢宏的壁画,很了不起;现代的工匠把它们完好地搬迁复原,同样了不起,这是一项全世界都没有过的浩大工程!你们看看壁画有修复的痕迹吗?"

"九年!咱们都成年了,没想到一项工程这么复杂!太了不起了!"

（你们说得太好了！这叫"整旧如旧"。）

（永乐宫搬迁过来仍然古色古香！）

（咱们大庙维修也要精工细作！）

（弗雷迪说过，岁月给古建镀上了好看的颜色。）

"九年的时间很长吧，可要和当时建造永乐宫的一百多年相比，还很短啊！"老鹰不失时机地加深他们的印象。

"所以咱们的大庙维修，也绝不是一时半会儿就能完成的，要精工细作。"灰球说。

林克好像想起了什么，转身背对壁画说："了解了这些我忽然意识到，从大门一直到大殿，所有的建筑都是古色古香，并没有因为搬迁过来，就把建筑重新油漆一新。我们一路走下来看到很多古建修过后和新建的一样，把历史都给抹去了。咱们的大殿维修可千万不能这样！一定要学习这里的做法。"

老鹰听了高兴地扇了一下翅膀说："讲得太好了！这叫'修旧如旧'，你们几个小家伙真聪明，一点就透。"

"我记得弗雷迪说过，这叫岁月给古建罩上了一层最好的颜色。咱们这次出来寻访收获真是太大了，要把这些信息好好记录下来，完完全全地传达给熊镇，尤其是镇长德尚。"炭罐兴奋地补充道。

"好嘞，你们在这里再仔细欣赏品味一下，我在下一个纯阳殿等你们。"老鹰说着一纵身，身体向箭一样滑出了大殿，一个空中翻身消失在屋檐上。

灰球从一面墙的壁画缓缓踱到另一面墙的壁画前，仰着头仔细观看，又不时看看林克和炭罐，好像有点儿神不守舍。最后，他实在忍不住对他俩说："你们两个看完了可以先去纯阳殿，别让老鹰等太长时间。"

"咱们一起过去吧。"炭罐和林克说。"你们先去，我还没有看完，这里太吸引我了。"林克看他那么认真，捅了一下炭罐，一起走出了大殿。

灰球看四下没有别的动物，赶紧整了整衣衫，双爪合十闭上眼睛，对着壁画上的神仙就是一个深鞠躬，然后缓缓起身，嘴里念道："各路神仙……"

"嗨！你这个不长记性的家伙，又拜神。"

灰球扭头一看，林克和炭罐的毛头从门框边冒出来，冲他做着鬼脸，"这次你不定要倒什么霉呢，每次拜神都这样。"

灰球一听生气了，"都是你们念叨的！"说着也不拜了，晃着大尾巴追了出去。

19

山神与水神

熊鎮的故事

繁星挂在夜空中，灰球、林克和炭罐躺在永乐宫西北方村旁的一个土坡上数着星星，旁边是一座五开间的古建筑，对面是一座古戏台。一天的奔波和超多信息的获取，让三个小家伙异常兴奋。

"今天收获真大，以前我只知道佛教寺庙特别宏伟，今天看了永乐宫，领教了道教寺庙的精髓，建筑、壁画都堪称国宝，不对，是世界级的瑰宝！"炭罐说着，捅了捅林克，"你是不是对壁画搬迁有深刻的体会？"

"当然了，我还觉得永乐宫建筑的名字特别好听，无极之门、无极之殿、纯阳之殿、重阳之殿，感觉宇宙都被装进了这些殿宇中。"林克感慨道。

"无极之殿也叫三清殿，老鹰说了，三清就是玉清（元始天尊）、上清（灵宝天尊）、太清（道德天尊），他们是道教最高的神。"灰球说，"可惜呀……"

"可惜什么？可惜被我们俩发现，你拜神不成吧！"炭罐嘿嘿笑着，"今天咱们这么顺利，到最后没出什么大问题，你知道是为什么吗？"

"因为我心诚！"灰球嘴硬地说。

"你忘了咱们大殿脊兽怎么对咱们说的？"林克问道，"咱们要时刻记住，自助者天助！"

"咱们找找北斗星吧，出来这么多天，还真是疲惫，整天忙着寻访、拍照、测量、记录，像个陀螺一样，好像把为什么出来都忘了。"炭罐感慨着"我看到北极星了！熊镇就在咱们的北方，离这儿几千里呢！我想熊镇了！"

"可咱们的任务还没有完成，现在还不是感慨的时候，"灰球一骨碌爬起来，大尾巴尖晃了晃，"咱们今天把重要的笔记资料寄回熊镇了，还有一张咱们的合影，家长们看到后一定非常高兴，估计东路也会同时寄出的。"

"我就是说一下，当然不能半途而废了！"炭罐接着刚才的话题继续说，"这一路上，咱们没少得到北极星的帮助，总是在关键时刻给咱们指明方向。白天在永乐宫里，老鹰说北极星也叫紫微星，在正北方永恒不动，是帝王星，天上的帝王住的地方叫紫微宫，凡间帝王住的地方也用禁宫来象征，我听到这儿忽然想到一个地方，你们知道是哪儿吗？"

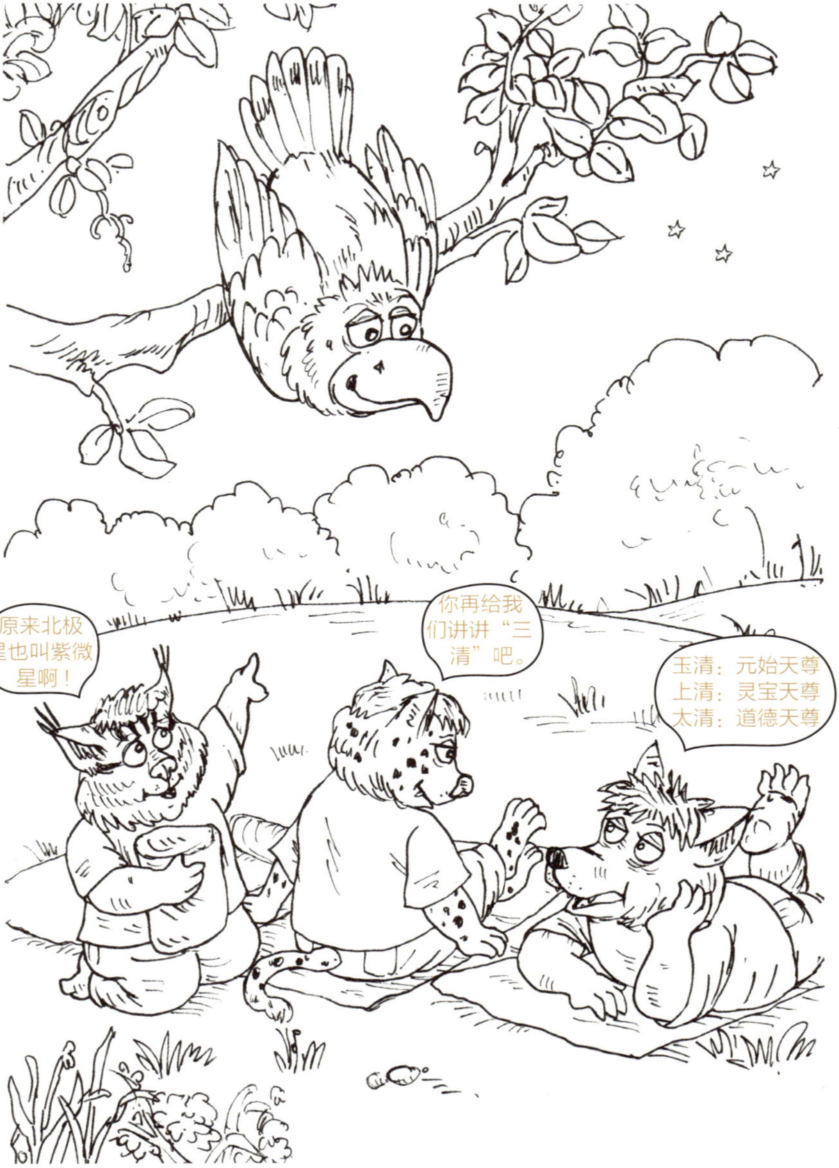
原来北极星也叫紫微星啊！
你再给我们讲讲“三清”吧。
玉清：元始天尊
上清：灵宝天尊
太清：道德天尊

灰球和林克望着北极星摇了摇头。炭罐自豪地说："不难为你们了，告诉你们吧。明清北京城皇帝住的地方叫什么？"在灰球和林克还在愣神的时候，炭罐接着说，"紫禁城，既庄严又神秘！紫就代表紫微宫，是皇帝居住的地方，禁就是说只有帝王才能进入，像咱们这样的普通动物是不能进去的。"

"原来是这样啊！炭罐你还真行，我们怎么一点儿也没往这上面想。"灰球说着假装沮丧地重重躺倒在草坪上。

"这是咱们第一次进真正的道教寺庙，虽然关帝庙勉勉强强也可以算在道教里，但毕竟供的不是'三清'啊。"林克嘴里嚼着草叶慢悠悠地说。

"对了，我对这个'三清'还是不清楚。炭罐，你发挥一下你的想象力，再给我们说说。"灰球捅了捅身边的炭罐。炭罐清了清嗓子，狼爪向后捋了捋毛，装出很有学问的样子，"'三清'嘛，如果排座次，老大是玉清元始天尊，因为道教崇尚美玉，觉得是纯洁高贵的象征，所以老大就是玉清；老二叫上清灵宝天尊，认识他老人家的动物不多；老三叫太清道德天尊，就是太上老君，因为他写了一部千古奇书《道德经》，这下你们知道了吧，他就是被后世奉为道教鼻祖的老子。但人家老子可没想创建道教，是后来的动物硬把他拉进来的。"

"嚯，你这家伙偷偷在下面做了多少功课呀？"林克惊奇地问。

"当然没有了，我只是在你们拍照记录测绘的时候，向老鹰多问了几句，这些都是他告诉我的。"

"我知道太上老君还是因为我老爸每天晚上吃饭时听故事广播《西游记》，里面的孙悟空偷吃王母娘娘的蟠桃，还喝得酩酊大醉跑到太上老君的兜率天宫，这老头儿恰巧不在，结果孙大圣就把他炼的仙丹都吃了。后来被捉住,在太上老君的八卦炉里炼成了火眼金睛,刀枪不入,哈哈哈。"灰球兴奋地讲着。

"你老爸怎么和我们听的内容一样啊?"林克刚说完,就和炭罐一起笑了起来。

"那又怎么样,这叫永远保持一颗童心!不像你们的老爸,老气横秋的,我和我老爸关系可好了,他的事就是我的事。"灰球满不在乎,林克和炭罐黑夜中对视了一下,重重地把头碰到草地上。

"灰球,你说了半天《西游记》,有没有什么体会呀?"林克问道。

灰球晃着大脑袋左右看看,"就是好玩儿呗,能有什么体会,你们两个看庙看多了,得了'深层狂想症'。"

"我看你脑子里除了拜神,没装下什么东西。炭罐,你说太上老君是'三清'之一,在道教里地位这么高,怎么在《西游记》里,就是个炼丹的小神仙啊?王母娘娘的蟠桃会都没有邀请他参加。"

"这个老鹰也给我讲了,道教的神仙特别多,凡间动物为了给他们排座次打得不可开交。"炭罐用前臂撑起上半身,"可凡间的动物最崇拜的是玉皇大帝,从上古时代就有天帝崇拜,后来到唐宋时,才发展出玉皇大帝的形象。然后到了明朝,《西游记》里最大的天神自然就是他。"

灰球听到这儿坐了起来,"你们知道为什么永乐宫的门叫无极之门,大殿不叫三清殿而叫无极之殿吗?"

炭罐和林克望着无尽的夜空出了神,喃喃地说:"也许那儿就是无极吧。"灰球用毛茸茸的爪子在他俩眼前晃了晃,"我真担心咱们回到熊镇后,你们两个要被送进精神病医院。"

忽然，一个声音从夜空中传来，"你们三个小家伙离精神病院还太远，现在离我们近点儿，我们有话要告诉你们。"灰球一下蹦起来，"谁在偷听我们说话？"林克和炭罐也把身体翻滚成攻击前的匍匐姿态。

"别害怕，往这儿看，你们熊镇大殿的嫔伽刚给我们发来信息。"旁边那座五开间古建筑上的剪影好像在动。

"是脊兽在和我们说话，"炭罐兴奋地跳起来，"看来我们不仅可以听到熊镇的脊兽说话，也可以听到'晋国'的脊兽说话。"

"哪有脊兽啊？你眼神真不好使。"林克望着屋脊说，"上面光秃秃的，不像咱们大殿上的垂脊有一排脊兽。"

"看来你们的大殿级别很高啊。我是垂兽,在这儿,垂直正脊下来的垂脊尽端位置就是我。"三个小家伙同时看到垂兽的剪影晃动了几下。"看到了!你这小庙真是太小了,连个院子都没有,就这么两座建筑,孤零零的,又小又破。"

"呵呵,又小又破?要是你们知道我的建造年代,非得把你们的下巴惊掉。"垂兽的剪影扬起了头。

"吹牛!我们熊镇的大殿是北宋淳化二年建造的,距今都一千多年了!这一路下来,除了平遥的镇国寺,很少见到比它还古老的建筑。"灰球自豪地说。

"我乃唐太和五年(831)遗构,名广仁王庙,现为我国仅存的几座唐代木构之一,为青龙神广仁王而建。"

"不对!"炭罐跑到殿前的石碑前又仔细看了看,"是五龙庙,你怎么说是广仁王庙?"

"因为大唐时坡下有五眼泉水,造福当地,所以老百姓就把这庙叫五龙庙。你们刚刚在永乐宫寻访,一定知道那是一座大型道教寺庙。可你们不知道,五龙神被道教纳入到他们的神仙体系里,所以这座五龙庙可以说是我国最古老的道教寺庙遗存。"垂兽的剪影抬头望了望浩瀚的夜空,"别看我们这个庙小,但是有这两大优势,谁敢小瞧?我们在唐代木构建筑遗存里排名第二,仅次于五台山的南禅寺。哈哈,你们互相看看,下巴是不是被惊掉了。"

"我们居然无意间寻访到了唐代建筑!这下弗雷迪再也不能在我们面前吹嘘他寻访过两座唐代建筑了,因为这座建筑还是最古老的道教建筑。"炭罐一下从刚才的惊愕中缓过神来,"一会儿咱们就和东路联系一下。"

"先别高兴太早,我问问你们,这么重要的建筑,你们居然说是无意间寻访到的,说明你们事先根本不知道我们,搜集资料的功课没有做足啊。"垂兽假装生气地说。

三个小家伙月光下面面相觑,炭罐不好意思地捂住了嘴巴。

"你们大殿的嫔伽告诉我说熊镇的大庙是山神庙,我们这个五龙庙可以说是水神庙,这一北一南、一山一水遥相呼应,咱们也算有缘。"

"有缘不假,但你这个小庙太破了,怎么也应该修个院墙吧,还有正脊,都残缺了。我们没提前做功课是一方面,你们这里保护得太差也是重要的原因,否则我们也不会认为这儿就是个荒废的普通小庙了。"炭罐找到了反击的靶子。

"对,咱们熊镇对大庙的保护可比这儿好多了,因为避雷针的问题,咱们还指责镇长呢。"林克附和着。垂兽听了无奈地摇摇头,"真是一言难尽啊!古建保护的路还很长很长,你们多往大山里、偏僻的地方走走就知道了,散布在民间的珍宝太多了,可保护又需要大量的钱,还要配备管理员,都是开销,不容易。不过现在情况越来越好了,我这里也要修缮了。"

"那可要告诉他们,别把你这庙粉刷一新,一定要修旧如旧,保留历史信息。"林克提醒道。

"好了,先别倒苦水了,你说说嫔伽有什么话传给你了?"灰球问道。

"他说你们这一趟南下千里实属不易,现在黄河近在咫尺,一定要看一看伟大的母亲河,这可是滋养了我们几千年的大河。"

"这正是我们明天要做的头等大事！"林克仰着头对垂兽说，"我们南下千里，寻访了千年的古建筑，看了千年的壁画和塑像，明天再去看看滋养了几千年民族文化的大河，我们这趟旅程真是太充实了，虽然非常辛苦，但我们也可以和弗雷迪一样挺起胸膛吹牛了！"林克刚刚说完就被灰球狠狠踢了一脚，"看来你还是看得太少，只有吹牛的本钱。"

"君不见黄河之水天上来，奔流到海不复回。"炭罐忍不住背诵了两句诗，"咱们明天看看这黄河之水怎么从天上来。"

20

熊镇后援

熊鎮的故事

"老浣,再给我们各来一两酒。"先风在熊镇三流酒馆柜台前对掌柜的老浣熊说。此时六个小队员的家长聚在一起交换着信息,商讨大庙维修的事情。各自面前都是一个小酒壶配一只小酒盅,外加一盘油炸花生米。

"我算是明白你们几个为什么都有爪尖了?"老浣熊把六个小酒壶蹾在六个大家伙面前,顺便把倒空的酒壶拿走。

"你说说我们为什么有爪尖?"八顿用熊掌捏起一粒花生米扔进嘴里,接着给自己倒了一盅烧酒。

"因为你们经常抠门呀!"老浣假装气哼哼地说,"你们几个每次都是一两一两地要酒,从来不一次要两斤。就是看我实诚呗,从来不缺斤短两,每次还都多给点儿。你们连要二十次,至少多得二两酒。我可是小本儿生意,你们这样对得起我吗?"

六只大家伙听了，大笑起来，"你这只老浣熊真是老江湖，你把爪子伸出来，看看你有没有爪尖？哈哈哈，你的爪子肯定比我们的尖百倍，否则这酒馆也不会传三代，到你这儿越发红火了。"

"全靠大伙儿帮衬！"老浣熊不好意思起来。

"你这话里藏刀，上来就暗示我们要两斤烧酒，你安的什么心？"黑狼奈特笑着问老浣熊。

"我也是听你们聊正事，一时半会儿结束不了，不如多喝点儿聊得痛快。"老浣熊一边在柜台里忙活，一边问，"几个小家伙寻访到哪儿了？还顺利吧？"

"嗨，这几个兔崽子的消息越来越少了，"雪豹亮银抱怨道，"我那灰球儿子前一周每天来消息，说这说那，想打断他都不行，我给他的任务倒是完成得很好。可现在一个星期也接不到他们的电话，我要是联系他，还对我不耐烦。"

"你给灰球布置什么任务了？"虎爸先风问。

"也不是什么大事，一点儿也不会影响他们寻访，就是他们到庙里的时候替我拜一拜。"

"怪不得他不爱理你，人家肯定觉悟了，你这叫迷信加捣乱。"猪爸大牙不屑地说。

"他们遇到什么危险了吗？"老浣熊关切地问。

"那倒是没有，反正我儿子的东路很顺利，你们西路呢？"八顿问道。

"我们当然更没问题了，他们每次都说有很多收获，看来这一趟让他们自己去考察是对的，锻炼了意志品质，

学到了古建知识,还培养了团队精神,真是一举多得。"猞猁爸笑面侠也开口了,说完呷了一口酒,满意地回味着。

"就怕他们几个报喜不报忧,别看他们小,主意可大了。"八顿深知弗雷迪的秉性。

"咱们还是说说咱们自己的事儿吧,别被小兔崽子们比下去。"先风说着从随身挎包里掏出一个大本子,"咱们要碰一下这几件事目前的进展,明天我要给德尚镇长汇报,他一直盯着琉璃脊兽制作的事情,我已经在熊翻岭西北部的霞山隘口里找到一家琉璃作坊,有几百年的历史了。据他们的历史记录上说,咱们大庙的琉璃他们也做过,就是现在的工匠比较年轻,我有点儿担心。"

"这可太好了,先风你立了大功了!也只有你这样经常巡山的家伙,才能找到深山里的作坊。我对琉璃制作特别感兴趣,你什么时候去,一定要叫上我。"黑狼奈特说。

正说着,酒馆的门被撞开了,羚牛鲍比闯了进来。"我猜你们就在这儿,有个急事,德尚让我去蓝熊镇拉大殿内壁画彩绘用的颜料,这颜料很特殊,整个熊跑溪上游地区都生产不了,很紧俏,是从山北运进来的,一年才一次,今晚到货。德尚怕颜料被其他工厂给运走,咱们就又得等不知多长时间,所以我今晚必须赶到蓝熊镇和货栈的管理员交接。"

"赶紧去吧,时间这么紧干吗跑到这儿找我们。"亮银不解地说。

"我刚要出发,地区图书馆打来电话,说他们在善本库里找到了咱们需要的大庙历史资料,他们还找到了几十年前一个工程队测绘的大殿图纸,特别珍贵,让我明天去。我明天可回不来,所以得麻烦你们了。"

"太好了!这回大庙维修可有了依据。之前收集上来的照片一是不清楚,二是没有局部特写,比如鸱吻、脊兽还有大殿内的壁画就没有清晰的照片。"八顿说着从吧台站起来。

"对了,还有两个大好消息,图书馆说他们发现了临摹的壁画画稿,是一百年前的画师临摹的,本来放在美术馆里,最近因为美术馆要升级库房设备,所以暂时在他们那儿保管,否则咱们还真找不到。另一个是找到了一个退休很多年的传统琉璃制作老师傅,祖上就是做这个的,这次肯出山指导咱们大殿琉璃的烧制。"

"真是踏破铁鞋无觅处,得来全不费工夫,这真是一通百通啊!壁画修复的时候,画师们就可以参考原来临摹的画稿,按原样恢复了!琉璃大鸱尾也能烧出当年的水平。先风,去琉璃作坊的时候可以带上这个老师傅。"

大伙儿兴奋地把酒盅里的酒一饮而尽,对老浣熊喊道:"给我们再来二两。"老浣熊撇着嘴,哼了一声:"加倍了,真大方!"

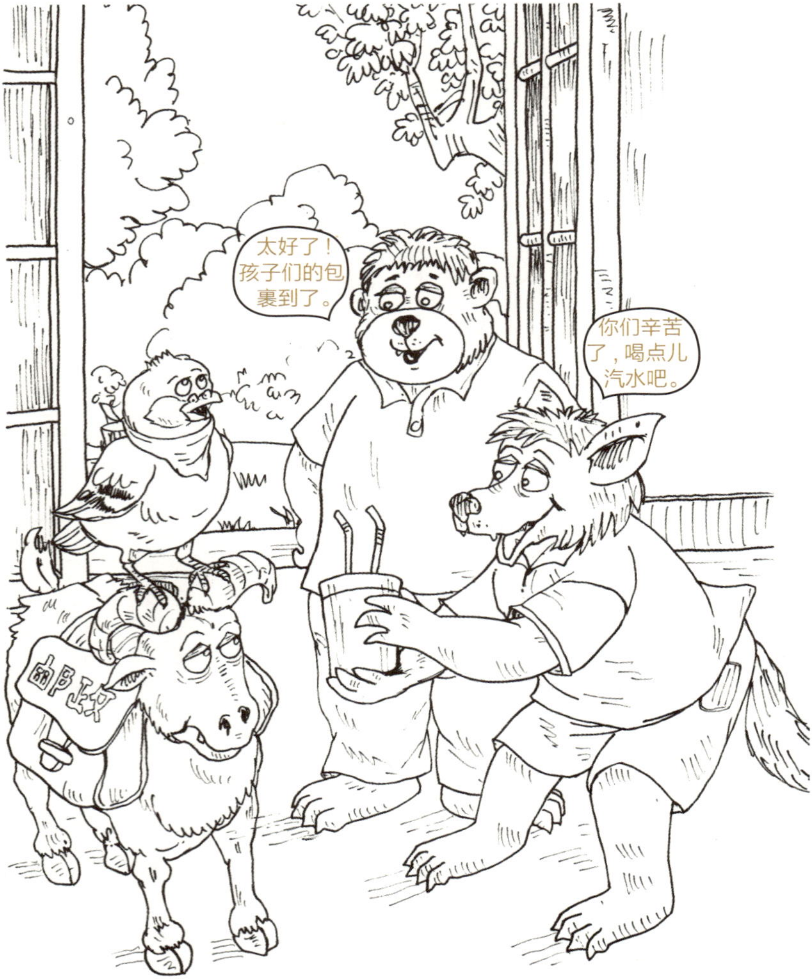
太好了！孩子们的包裹到了。
你们辛苦了，喝点儿汽水吧。
邮政

羚牛鲍比交代完事情刚要走，酒馆门又被撞开了，大伙儿一看，岩羊邮递员驮着他的褡裢进来了，大角上停着他的老板信鸽灰云。"快来看，咱们东西两路寻访队伍寄东西回来了！"灰云扯着她的低音说，"这肯定是重要的东西，两天前用特快专递邮寄的，包装是最高规格，所以我特地给你们送来，快看看吧。"

大伙儿一下围上来，从褡裢里取出两个密封得严严实实的大包裹，放在一张长条桌上。老浣熊让伙计拿来剪刀开封，三层防水塑料揭去后，露出两个褐色大纸盒，掀开盒盖，东路盒子里整齐地放着两个磨飞了边的大笔记本、三卷测绘图纸、四张存储卡，还有一封信。西路盒子里放着三个笔记本（同样磨飞了边，上面还沾着泥）、两卷测绘图纸、三张存储卡、一封信，还有一张照片，照片上灰球、林克和炭罐站在他们的小摩托前，风尘仆仆，背景古建筑正中匾额上写着"无极之门"。

亮银抓起照片，仔细地看着，平时那双炯炯有神的眼睛逐渐湿润了，爪子有点儿微微颤抖。笑面侠和奈特凑过来，"我看看，哎呀，他们太辛苦了，你看看这一身土，这毛色哪有亮光啊！"

八顿拿起那封信，小心地拆封打开，念了起来："老爸老妈和熊镇的动物们，大家好！我们三个现在在长平之战古战场遗址写下这封信。这次寻访我们经历了很多，了解了很多历史知识，还有各地文化传统，也吃了好多美食。"

"你们听听，这几个兔崽子到哪儿都忘不了吃。"猪爸大牙假装责怪地说。

"安静，听我念。"八顿拍了一下大牙接着读下去，"这次寻访让我们打开了眼界，有三点认识：第一，认识到大山深处的熊镇多么需要和外界交流，我们的见识太少了；第二，认识到古建筑多么宝贵，是消失了就再也找不回的宝贝，所以大庙维修要特别精细才行；第三，认识到熊镇的文化生活太贫乏，我们建议在大庙前建一个戏台，让我们也能经常看戏。我们这次把记录的古建信息、画的图画、沿途见闻和工作日记寄回去，以免路上丢失。最后，请给我们再发一点儿经费，我们的摩托因为路途颠簸需要维修，否则就会坏在半路。"

"认识倒挺深，但老是夹带私货，就想着玩儿和要钱。"大牙嘴里虽然这么说，却把信一把抢过去，又仔细读了一遍。

"还是看看他们的记录吧，这几个小家伙想得挺周到。"先风说着捧起东路的笔记本，硬封皮已经被磨秃了角，上面还有几道划痕和浮尘。先风轻轻吹了吹，翻开一页，大伙儿一下凑上来，几个大毛脑袋挤在一起。

"9月5日，长子县崇庆寺。测绘草图五张，整理数据表格八张，拍摄照片206张（因塑像极精美），编号如下……"先风刚念到这儿，猪爸大牙大声说道："这些都是我家皮朋记录的，你们看看，他记录得多详细，这三个小家伙太辛苦了，拍了那么多照片，还编上号，还要画图，整理表格。"八顿拍了拍他，"别激动，这些表格他们出发前都做好了模板，往里面填数字就可以了。我家弗雷迪可忙活了好几个晚上，他数学好，在表格里嵌入了很多计算公式，可方便了。"

虎爸先风倒是没理他们，继续念着，"9月15日，寻访过程尚未发现和熊镇山神庙大殿很相近的建筑，有的年代相近，但开间进深大小不一样；有的规模相同，但年代形态相差较大。我们非常着急，如果不能寻访到相近的建筑，我们就没有完成熊镇交给我们的任务，大庙的维修就会受影响。"

猞猁爸笑面侠见状从西路包裹里拿起笔记本，"来来来，看看西路的情况如何？"说着翻到同样磨得粗糙卷边的大厚本子的最后几页念道："今天没有出什么状况，我们分析了一下原因，主要有三点：第一是计划比较周全，把困难想在前面，去看后土庙时，管理员不在村里无法进入，但我们有备选方案，所以并未耽误太多时间；第二是提前检查车辆情况，及时发现了林克的车胎问题，避免在路上发生危险；第三是灰球没有拜神。"

大伙听到这儿一下炸了锅，抓住亮银问个究竟，亮银晃了晃膀子，大尾巴扫了一下坐到吧台前的椅子上，"这有什么奇怪的，我就是为了让他们这一趟顺顺利利的，叮嘱灰球到了庙里就拜一拜，所以他们这一路都很顺利。"

　　"笔记里可不是这么说的，因为灰球没有拜神，所以他们当天很顺利，就是说灰球拜神的时候，他们肯定不顺利。你这家伙就是私心重，为了你的产业，不惜让灰球也和你一样拜神，简直太不像话了。"先风终于忍不住开口了。

　　"哎呀，这不算什么大事，等他们回来，我请大家好好聚餐，费用我全包。"亮银赶忙把话题岔开，"我看，还是讨论一下给他们汇钱的事吧。"

　　"看在你为大殿维修捐了不少款的分儿上，我们这次就原谅你了。否则各种开销还真是很大呀。"老狼使劲拍了拍亮银的肩膀说。

　　"等等，我看到后面这几句话，觉得有点儿意思，刚才被你们打断了。"八顿接着念道，"我们三个在一起讨论，越来越意识到，这次寻访也许根本发现不了和熊镇大庙完全一样的建筑、塑像和壁画，但我们好像越来越不焦虑了，我们也不知道这是为什么。昨天和西路电话交流了一下，他们也有同样的感觉。"

大伙儿沉默了，各自体会着这几句话里包含的意义，可最后都摇了摇头。"我儿子肯定不会自暴自弃，他一定充满信心。"黑狼奈特说，"我们狼是最有耐性的，比你们猫科动物强多了。"

　　"谁也没否定你家炭罐，看把你急的。"八顿慢悠悠地用熊掌摩擦着桌面说，"以我古建寻访的经验，也许他们通过这次不寻常的经历，发现了一些他们从来没有意识到的东西。"

"八顿,你寻访时意识到了什么?不会是一天要吃十顿饭吧,那你改名叫十顿得了。"大伙听亮银这么一说,大笑起来。八顿也不反驳,拍了一下桌子对亮银说:"那就等着他们回来问个究竟,我要是说得对,你就请我吃一顿;我要是说得不对,你再请我一顿。"大家哄笑过后,安排好后续任务各自散了。

21

二仙驾到

熊鎮的故事

弗雷迪、太戈和皮朋躺在丹河河谷的一处茅草棚里呼呼大睡，他们没有按计划赶到目的地。

离开长平之战古战场遗址后，东路成员在路线上发生了分歧。弗雷迪站在一处路口边，气呼呼地对皮朋吼道："咱们定了计划，你为什么要改变？耽误了时间，就没法按原计划和西路会合了。"

皮朋站在路牌下，指着上面的地名大声说："平顺县，咱们应该去那儿！弗雷迪，你说过你和你老爸寻访过两个唐代木构建筑，已知现存的唐代木构建筑据说就四个，还有两个一个在芮城，另一个天台庵在平顺。我这两天抽空查了查，天台庵附近还有大云院、龙门寺，都是五代时期的建筑。咱们要是把这三个建筑寻访一下，一定收获很大，完全可以碾压西路。"

"咱们出来是有计划的，路线都按古建分布从北到南一路寻访。要是按你说的去平顺县，就要走回头路，这一去一回就要好几天，计划全都打乱了。"

"为了寻访到好的古建筑，改变计划是值得的。再说，我们刚刚看完了长平之战古战场，赵括就是纸上谈兵墨守成规才打了大败仗，被秦军坑杀了40万。将在外君命有所不受，咱们可以根据实际情况改变计划。弗雷迪，你可不要做熊镇的赵括呀！"

弗雷迪一听，眼里快冒出火了，"你这碎嘴猪敢说我是赵括！你再怎么说也成不了白起，你最多是天蓬元帅的官八代。"说完一屁股坐到路边的大石头上，不理皮朋了。他从摩托上取下酒精炉、小锅等做饭工具，气哼哼地嘟囔着："不走了，做饭，先吃一顿再说！"

太戈看着弗雷迪忙活，晃着脑袋想了想说："能听我一句吗？"皮朋和弗雷迪看谁也说服不了谁，只好点点头。

"咱们寻访的目的是什么？是大庙维修，皮朋，可不是和谁比是否见过唐代的木构建筑。再说，最近好像有确凿的证据，证实天台庵是五代时期的建筑，不是唐代的。"

"我说的三个对熊镇大庙维修也有用啊，多了解总是好的。"皮朋不服气地说，"五代的就五代的，离唐代最近了"。

"咱们的大庙是五开间，庑殿顶，等级相当高，里面还有塑像、壁画，咱们寻访就是要找到相近的建筑。你说的三个虽然古老，但和咱们大庙不像啊。再说弗雷迪说得也对，走回头路一去一回就要好几天，除非咱们和灰球他们不会合直接回熊镇。"

"那可不行,分开这么多天,可想他们了!还得和他们交流体会,我都等不及了!"皮朋说着态度软了下来。

"那就按原计划向南。"弗雷迪一边说一边在酒精炉上烧开了水,把食物放进小锅煮起来。

皮朋委屈地蹲在地上,"我也是为咱们好,那么多好的古建筑看不了,心里就是舍不得,你倒是看过两个唐代木构建筑,体会不了我的心情。"

太戈左看看弗雷迪,右看看皮朋,没了主意,自己嘟囔着:"咱们的古建珍宝真是多呀,怎么可能一次就看完。弗雷迪,我以后也要向你学习,和我老爸多出来看看,我现在可自豪了,咱们能有这么悠久的历史,这么多宝贝。皮朋,咱们以后也可以一起出来,你想看哪个就看哪个。"

弗雷迪一边做着饭,一边思考着,这样僵持下去也不是个办法,皮朋的要求也不是没有道理,自己一味坚持按原计划显得过于生硬。他在脑子里寻找着出发前所做的功课,有了一个想法。

饭做好了,弗雷迪给太戈和皮朋分别盛了一碗吃起来。"皮朋,你说的也不是全没道理,我想了个折中路线。"

"什么折中路线?"皮朋虽然还是气哼哼的,但也不想僵持下去。

"原来咱们的路线是向东到太行山脚下的陵川,然后再向南和西路会合。现在改一下,直接沿着丹河河谷向南。"

"去陵川是要看西溪二仙庙,它号称最秀美的二仙庙。要是不去是不是很可惜?"太戈问。

"不会,在南边泽州的丹河边有个小南村二仙庙,是晋东南地区最古老的二仙庙。皮朋不就是想看年代最古老的建筑吗?这样就弥补了走回头路的损失。"

"那我们原来怎么没把它列进来?"

"太戈刚才不是说了嘛,咱们的古建珍宝太多了,不可能一次看完。你这家伙总能找茬挑刺儿,饭量还大,我这还差半碗没吃,你的碗都空了。"

"那就再给我盛一碗。"皮朋把碗递给弗雷迪,"光看一个最古老的二仙庙还不够,你还得给我再找个古建筑才行。"

"我知道一个,离小南村二仙庙不远,叫珏山青莲寺,那儿的藏经阁特别好看,和咱们大庙一样是宋代的,还有塑像也是非常古老的,你肯定会喜欢。"

"姑且信你们一次，要是你们骗我，看我怎么收拾你俩。"皮朋故作凶狠地挥了挥勺子。弗雷迪撇撇嘴，"你别凶，快点儿吃完，咱们这么一改，不知道能不能在天黑前赶到。"

太戈最先吃完，收拾完自己的行李往摩托上一放，"你们还不赶紧，今天我们可要一直往南赶到泽州。"说着一指皮朋，"在泽州我们可要把你看住，俗话说事不过三，你要是第三次出意外，我们可不好向熊镇交代。"说完跨上摩托，第一个冲上了山道，"我先去前面探探路。"

一滴雨水从茅草棚顶落下，打在弗雷迪的眼皮上，他擦了一下，翻了个身想继续睡。忽然隐隐约约听到外面有个细细的声音，他抬起头看去，外面黑漆漆的，一点儿亮光也没有。他轻轻翻身起来，怕惊动太戈和皮朋，蹑手蹑脚走出草棚，细细的秋雨打在熊头上，空气清新，远处传来丹河河水流动的声音。

"明天你们不要去找小南村。"夜空中一个细细的声音飘来。

"为什么不让我们找小南村？"弗雷迪摸了一把熊头上的雨水，退到茅棚下，"我们要去寻访小南村二仙庙，不去小南村去哪儿？你是谁？怎么知道我们要去小南村？"

"记住，小南村现在叫东南村，附近还有东北村、东村。"另一个稍高音调的声音出现了，"二仙庙在东南村村北。哎，你们熊镇大庙的嫔伽真是为你们操碎了心，生怕你们又耽误时间，也不体谅我们两个姐妹，冒着雨深夜给你们送信，她说白天你们听不到我们说话。"

"两个姐妹？"弗雷迪更迷惑了，"能让我看看你们吗？别和我捉迷藏，我们大庙的脊兽就不会对我们隐形。"

"我们和他们不一样，他们是建筑的组成部分，想隐形也隐形不了。我们可不是古建筑的组成部分。"

"那你们是什么？"弗雷迪忽然冲到雨里，向茅草棚上方看去，想看到是谁在和他说话。

"哈哈，你这小家伙心眼儿还挺多。我们是二仙庙的灵魂，你明白这句话吗？"

"二仙庙的灵魂？一个庙有什么灵魂，我老爸说了，古建筑要是有灵魂的话，也是它们的建造者赋予的，是我们的文化赋予的。"

"哎呀，没想到你有个这么棒的老爸，这可是你的福气。"

"那你们怎么敢说自己是二仙庙的灵魂。"

"因为我们也是文化的一部分啊！我们只能说这么多了，天快亮了，我们要走了。"

话音未落,弗雷迪的肩膀被狠狠拍了一下,只听太戈和皮朋喊道:"弗雷迪,你在和谁说话?快醒醒!"

弗雷迪一骨碌爬起来,使劲儿晃了晃熊头,又抬头看了看茅草棚顶,并没有下雨,原来自己做了个梦。"继续睡吧,明早再告诉你们。"说着就要倒下,又被太戈一把拉起,皮朋这时走到门口打开木板门,一缕初升的阳光照进草棚。"别睡了,太阳照到你的屁股了,咱们做早饭,然后出发去小南村。快起来,茅草顶渗下来的露水都把你的熊头打湿了。"

"不能去小南村。"弗雷迪迷迷糊糊地回了一句。

"啊!难道你也要更改行程?"皮朋和太戈着急地问。

"不是的，刚才我做了个梦，就是你们推醒我时，外面下雨了，我到外面去看，听到两个姑娘的声音，说咱们熊镇的脊兽托她们来传消息，说不能找小南村，要找东南村，二仙庙在东南村的村北。嫔伽怕咱们找不着耽误时间。"

"她们还说什么了？"皮朋关心地问，被太戈踢了一虎爪，"一听见小姑娘你就来了劲头。"

"我问她们是谁，她们说是二仙庙的灵魂，被我说了一顿，她们怎么能说自己是寺庙的灵魂呢！我们寻访了这么多古建筑，你们说说，寺庙的灵魂是什么？"

皮朋和太戈面面相觑，"崇庆寺的灵魂是惟妙惟肖的塑像。""崇明寺的灵魂是小材大用，对不对？"忽然，太戈恍然大悟，一拍弗雷迪的熊头说："你这只笨熊，是二仙庙的二位神仙来给咱们送信，嫔伽选中你来接收，你还把人家数落了一顿。"

弗雷迪裹着睡袋愣愣地坐在防潮垫上，懊恼地捶了几下自己的头，"这二仙可太谦虚了！"

皮朋提起折叠水桶说，"可惜了，嫔伽应该让我接收信息，我准会把她们请进屋和咱们好好聊聊她们的传奇。"说着跑向河边打水做早饭。

临近中午，太戈站在东南村二仙庙的香亭内，对南面戏台里的弗雷迪和皮朋招呼着，"你们快过来，这样的建筑形式咱们可没见过。"弗雷迪答应了一声，和皮朋跑出通透的戏台来到香亭。

寺庙管理员这时已经打开了大殿的门，招呼他们说："进来看看，这里可有你们没见过的宝贝。"弗雷迪赶紧说："先别急，大猫老伯，您先给我们介绍一下这个庙为什么叫二仙庙呀？"

大猫管理员回身来到香亭中间,对弗雷迪说:"这二仙是指两位仙姑,是晋东南一带特有的民间崇拜对象。二仙姑原是汉朝时陵川县乐家庄的。"

"什么?陵川的?"皮朋一把揪住弗雷迪,"咱们本来要去陵川的西溪二仙庙,结果被你改了行程到这儿来了,没去成二仙的故乡。"

弗雷迪一听气得一掌把他推开，"你还有脸说我，真是倒打一耙。"说完这句话，他和太戈对视了一下，实在憋不住大笑起来。皮朋看他俩这样，生气地用蹄子踢了他们一下。大猫把他们拉开，"好了，别闹了。我看你们对耙子的兴趣超过二仙。"三个小家伙一听，赶紧停止打闹，站在大猫面前。

"原来两位小姑娘特别聪慧，又很漂亮，但不幸的是母亲过世早，她们的爸爸又娶了一个特别恶毒的继母，对这两个小姑娘百般虐待。继母的行为惹怒了上天，玉皇大帝便降祥云，让这两个姐妹飞升天界，这时她们才十几岁。姐妹俩经过苦苦修炼终于成仙，她们不忘故乡的百姓，在这个地方显灵施恩，有求必应。为了报答她们的善行，老百姓便建了二仙庙祭拜，所以在晋东南各地，遍布二仙庙。"

"怪不得，我们这一路下来，看到很多路牌都显示各个地方的二仙庙。"皮朋高兴起来。

"你这只小猪可别因为没去成陵川的二仙庙就遗憾，我们泽州这个二仙庙可是很有价值的。"

"我知道，这是国宝里最古老的二仙庙，是大宋大观年间建造的，也就是公元 1107 年。您先告诉我们现在所在的这个通透的建筑叫什么？"

"这叫香亭，也叫拜亭，祭拜二仙时，在这里设置香炉进行祭拜。你看这里四面通透开敞，能容下很多动物，祭拜的时候站在院子里都能看到，很有气氛。"

"嗯，是很漂亮，而且这香亭紧贴着大殿，距离也就一米，在外面祭拜后马上就可以进到大殿里。"太戈望着大猫说。大猫立刻转身说道："走，咱们进殿看看，里面有惊喜。"说着推开殿门跨了进去。

"哎呀！这里怎么有亭台楼阁？"太戈站在门槛内惊叹道。

"这叫'天宫楼阁拱桥壁藏'，全是精美的木雕。由三个单体建筑和一个单拱廊桥组成。你们看，斗拱柱枋、构栏门窗，还有屋脊和吻兽都是木制的，是极为少见精巧的宋代建筑模型。每年都有不少建筑院校的学生来这里临摹学习。"大猫自豪地说。

"那这些塑像呢？"弗雷迪问。

"殿内共六尊塑像，二仙真人外加侍女四尊，是晋东南仅存的乐氏二仙塑像，和大殿一样都是宋代作品。塑像体态端庄，眉清目秀，很有艺术价值。"大猫口齿伶俐，娓娓道来。

"皮朋，你还遗憾吗？咱们看的可是宋代的建筑、塑像，还有天宫楼阁拱桥壁藏。"弗雷迪捅了一下身边的皮朋。

"我算是发现了,只要是国宝,哪个都精彩。不过和你墨守成规相比,我善于变化总是好的。"皮朋嘴硬地回击弗雷迪。

"行了,你们俩别抬杠了,能看到这么好的珍宝,也是弗雷迪出的主意。"太戈说着走出大殿,"里面太小了,还是外面透亮。"

这时,皮朋的电话响了,他接通电话,听着听着脸色就变了,不住地瞪着弗雷迪,一会儿放下电话,过来抓住弗雷迪就摇晃。

"弗雷迪,西路居然看到了一处唐代建筑,咱们都没有看到,这下他们可有了吹牛的本钱,刚才灰球他们在电话里都吹上天了。"皮朋不服气地嘟囔着。

"我们不能只注重年代,更重要的是价值!"弗雷迪揪了揪皮朋的耳朵说。

"你倒是见过两座唐代建筑,当然可以不注重年代了。"

"皮朋,咱们这一趟看过的崇庆寺塑像、最古老的戏台、小材大用的崇明寺,还有你和小姑娘一起参与的上党八音,哪个不能让你吹牛?"太戈把露出爪尖的虎爪放在皮朋的肚皮上,被皮朋狠狠地拨开。

"皮朋,咱们还去了长平之战的古战场,你当时怎么说的?"太戈坏笑着。

"我说赵括只会纸上谈兵,就是因为他是贵族,没有从士兵做起,没有参加过战斗,不知道什么才是真正的战争。而秦国的白起正好和他相反,从最基层做起,身经百战成为战神。"皮朋一边说一边从挎包里翻出笔记本。

"还有呢?"

"没了!"

"你说你现在就是士兵,以后就是大元帅,白起一样的大元帅,哈哈。"弗雷迪说。

"那不就是天蓬元帅吗?"太戈说着不等皮朋追打过来,先躲到弗雷迪身后,"咱们现在做的,就是一个士兵应该做的,不能好高骛远,不能总想着看唐代建筑。"

皮朋一看没有机会,索性不再理他,又从挎包里取出相机,"哼,气死我了!被西路给压制了。我要工作了,不再和你们理论了。"说着放下挎包,边拍照边记录起来。

22

武器和敌人

君不见黄河之水天上来，奔流到海不复回……

　　灰球站在黄河边看着橙色的落日，大声背诵着千古名篇《将进酒》，耳边是呼呼的风声。炭罐和林克躺在河滩里的一个土丘上，背后就是黄河大堤。灰球背完诗扭头喊道："这是咱们这次寻访的最南边了，我们见到从天上来的黄河水了。"林克把嘴里叼着的草棍扔掉，看了看晾干的爪子说："这河水的颜色果然名不虚传，对得起黄河这个名声。灰球，你不拜拜这大河之神吗？咱们马上就要回熊镇了，再不拜就没机会了。"

"大河神我们要尊敬,咱们熊镇的动物最敬重大自然了。但我今天决定面对大河,为咱们熊镇拜一拜,也为咱们这趟艰苦但收获大大的寻访拜一拜。幸亏有你们两个家伙,虽然你们一路对我拜神冷嘲热讽,咱们遇到了洪水,我还扭了腰丢了钱包,但总算顺利完成寻访,收集了那么多资料,熊镇大庙要是能顺利修好,咱们也问心无愧了。"说着分别向大河、熊镇所在的北方和林克、炭罐鞠了一躬。

"行了,你来这么一套我们都起鸡皮疙瘩了。"林克说着指了指大堤顶部,"你要真是心诚,回程时我们俩的行李分你一点儿吧。"炭罐听了拍着爪子,对着落日长吼一声表示赞成。

　　"要是东路那几个家伙也在就好了,听说他们这一路也经历了不少风险,本来说昨天会合,他们因为行程耽误没赶到,这几个家伙真不靠谱。"

"谁说我们不靠谱!"话音刚落,三个大草团从大堤上滚下来,砸到炭罐和林克身边,滚下了河滩。他们回头向上看去,三辆小摩托和驾驶员的剪影威风凛凛地立在大堤上。

"弗雷迪!太戈!皮朋!你们怎么一点儿声音都没有?怎么找到我们的?事先也不通个信儿。"灰球喊着,几个跳跃就冲上了大堤,炭罐和林克也紧跟着跳上来。

"你们几个贪玩的家伙还用找吗!黄河近在咫尺,你们不来这还能去哪儿?"弗雷迪、太戈和皮朋翻身下了摩托车,和西路的队员来了个满怀对撞,高兴地在大堤上跳着喊着。

"灰球,你怎么毛色变浅了,越来越像你老爸了,刚才在这黄河滩上都没发现你。"

"皮朋,你瘦了至少有二两,这怎么得了!"六个小家伙逗着笑着。

你们终于来啦!

　　轰隆隆,几声闷雷一样的响声从远方传来。皮朋刚要下到黄河边,被这响声吓了一跳,跑过来问:"这是什么声音,像打炮一样?"灰球摇了摇头,"肯定又是哪个财主盖房子,在炸山取石料。我们这两天在这儿等你们,见到很多地方在盖房子,可都没有动物住,很多一看就知道空了很久。"

　　"我们一路沿丹河河谷过来,那么山清水秀的地方,也盖了好多房子,可看着都没有动物入住,是空的。而且我们路过几个村子,看到好几座古庙都损毁了,有的房梁都露出来了,怎么没人修啊?要是倒塌了不就把历史痕迹抹掉了吗?"弗雷迪对灰球说。

　　"我们一路上也看到好几处建筑,明明牌子上写着文物保护单位,可看着和新建的一样,砖瓦、油漆还有牌匾都是新的,看着一点儿都不带劲。"林克补充道。

太戈无奈地摇着头说:"也许是咱们熊镇的古建筑不多,所以对古建筑很爱护。我们这次寻访一路下来发现,虽然对古建筑保护也很重视,但有些观念还是影响了保护效果。"

"也许因为这里是中华文明的发源地之一,留下来的古建筑太多了,宋辽金时期的建筑就有很多,明清时期的建筑就更不稀奇了。"灰球也叹着气说,"干脆把这些来不及修的古建筑搬到咱们熊镇吧。"

"没有修旧如旧,一维修就修葺一新,这个观念就不对,会把历史信息都丢掉。"

"不是文物保护单位就不重视,可古建那么多,文物保护单位认定也需要时间啊。"

"不给钱就不保护,能赚钱的寺庙就维修,但很多又没按科学规律修。"

"好家伙,看来咱们两个组都有不少收获呀,我都无话可说了。"炭罐竖起了大拇指。

"咱们熊镇很多动物也有这些落后的观念,所以我们要把这些体会都记下来,回去好好宣传,让他们都知道。"

"太好了!看来这些落后的观念是咱们的共同敌人,古建保护要不把这些观念改掉,就事倍功半,白花工夫白费钱。"皮朋说着从大堤上跑向黄河边,"来来来,弗雷迪、太戈,咱们三个在落日余晖里洗个黄河澡吧,把咱们脑子里的落后观念洗掉,冲到大海里去。"

"你们要快点儿啊!"灰球冲着河里的弗雷迪、太戈和皮朋喊着,"晚上这儿的村长要请咱们吃宴席,有黄河大鲤鱼。"

黑虎村长二黑一家在自家院子里宴请六个小伙伴，院子当中一棵大枣树当起了天然的伞盖，树下摆放了一张大长桌，看着满桌子的菜，六个小家伙馋得直流口水，可二黑村长还在喋喋不休地介绍着黄河大鲤鱼的多种吃法。坐在他对面的村妇联队长，也是他的老婆，打断了他，"行了，看把这几个小伙儿馋的，你别啰唆了，开始吃吧。"说着分别给坐在两边的太戈和灰球夹了一大块鱼肉，左摸摸灰球，右摸摸太戈,"这毛色真漂亮,你们几个小伙儿可真英俊啊!不像我们家的遗传基因,黑纹太多,村里的动物都叫我们黑虎,管他叫二黑。"村长看在眼里,不满地说:"那也是你身上的黑纹多,我可不是。"

弗雷迪吃了一大块炖黄河大鲤鱼,味道真是鲜美异常。他也学着村长的样子,把一块饼撕成小块,放到汤汁里,再用筷子夹一块放到嘴里,体会着浓厚的香味。忽然他想起什么,抬头问二黑村长:"村长,我们今天在黄河边听到炸山的声音,在我们熊镇绝对不允许炸山,那可是重罪,会受到严厉的惩罚。"

"对,我们那儿的房子都是依山面水而建,不允许建大高楼,所以和环境很协调。"

村长听了叹了一口气,"我们对此也是深恶痛绝,可没有办法阻止他们。"

"去年一伙儿贪婪的家伙还要在我们村子北面搞开发,要把一大片原始山林砍伐了,我让他领着大伙儿去抗争,没想到他们去了一天就被打回来了,就是一只纸老虎。要不是我组织妇女队第二天去增援,豁出老命抗争,我们村的山林就没了。"队长情绪激动地说。

皮朋听了悄悄对炭罐说:"还是母老虎厉害!"被炭罐狠狠捅了一下。

"据说那伙家伙不死心,又在打咱们龙王庙的主意,要和咱们谈租借,咱们可不能答应,你听到没有?龙王庙有五百多年历史了,要是租给他们,不定把龙王庙折腾成什么样子,那可是咱们村的灵魂!"虎妈队长愤愤地说,"咱们邻村的后土庙,有几百年历史了,被他们这伙儿只认钱的坏蛋承包了三年,里里外外全部粉刷整修一遍,和新建的一样,还布置了很俗气的装饰品,虽然热闹了一时,但现在完全冷落下来。最可惜的是大殿的外观遭到了严重损毁,现在他们村里的

动物可后悔了。为了一点儿钱,把老祖宗留下的珍宝都给丢了。"

"你放心,我才不会答应他们!"村长说着拍了拍身边的弗雷迪,"你们的大庙真是幸运啊,熊镇为了维修大庙,居然让你们出来考察,我这个村长也要向你们镇长学习。"

"他勉勉强强算合格吧。前两天他还要把他儿子送来和我们一起考察,我们说考察马上就结束了,你来还有什么用。他不想和我们一起体会一路的艰辛,就想沾胜利的光。"

"我就喜欢明事理的小伙儿!"村长老婆搂着太戈和灰球,黑虎村长冲她喊道:"你放开人家,这样孩子们还怎么吃饭啊。"

村长老婆可不理他,搂着太戈继续问道:"那你们找到和熊镇大殿相似的建筑了吗?"又转头看着灰球,"你们找到和大殿里相似的塑像、壁画了吗?"

太戈和灰球一下愣住了,不知所措地摇了摇头,但又不甘心,好像有很多心里话要说。看着他们急切又找不到点儿上的样子,弗雷迪一下站起来,"实话实说,我们没找到和大殿一样或非常相似的建筑、塑像和壁画。"

你们这么小，却懂这么多，让我这个村长都汗颜啊！

村长一听，放下筷子赶紧安慰着："没关系，你们还是孩子，没完成任务熊镇也不会怪罪你们的，是不是？老婆你也说两句。"说着冲他老婆递了个眼色。村长老婆刚要开口，弗雷迪接下了话茬，"这次寻访虽然没有找到一模一样的建筑和塑像，但我们几个明白了一个道理，这比找到建筑更重要。"

"哦，什么道理？你说说。"村长饶有兴趣地瞪大了虎眼。

"我们在崇明寺知道了'小材大用'，这里面有爱护大自然的道理；我们在上党听到了上党八音，看到了最古老的戏台，知道了保护文化遗产的重要性；我们还见到了罗汉、二仙，明白了……"

"弗雷迪，你说得太对了。"灰球不等弗雷迪说完，抢过话头，"我们在永乐宫知道了整体搬迁的过程和壁画修复的细节，明白了一件事要做好，得需要多大的认真和耐心；还懂得了维修古建筑要修旧如旧，最大限度地保存历史信息；弗雷迪就说过，'岁月给古建筑上了一层最美的颜色'；我们还在双林寺一个寺庙里见到了上千尊特别精美的塑像，对那时动物们的创造性佩服得五体投地，咱们熊镇也要努力。"

"还有就是我们认识到拜神不灵，做事情要靠自己的努力才行。"林克和炭罐不约而同地喊了一句，大家一齐看向灰球。灰球瞪了他们两个一眼，不得不点了点头说："这些道理比找到一个和熊镇大殿相似的建筑更重要，所以我们心里反倒踏实了。"

啪啪啪……村长一家使劲儿鼓起掌来，"真没想到，你们这么小，却懂这么多，让我这个村长都汗颜啊。"

"这次寻访，我们认识到这些道理才是大庙维修最需要的武器，它们已经进到我们这里了。"太戈也不甘示弱，用虎爪指了指心的位置，"我们是爪中无剑、心中有剑的武士。"

"好，为你们六个小武士干杯。"村长夫妇说着举起了饮料杯。

林克看着热情的村长一家说："等熊镇大庙维修好了，我们邀请你们去熊镇参加竣工典礼吧。"小伙伴们一听，欢呼起来。"林克，你这个提议太好了，我们邀请这次旅行最南边的朋友来参加我们的竣工典礼，咱们也可以用熊跑溪的特产来回礼了。"

"那我要带着我姑娘一起去，"村长说着指了指太戈边上的虎姑娘，又拍了拍太戈，"你到时可要给她当导游照顾好她。"

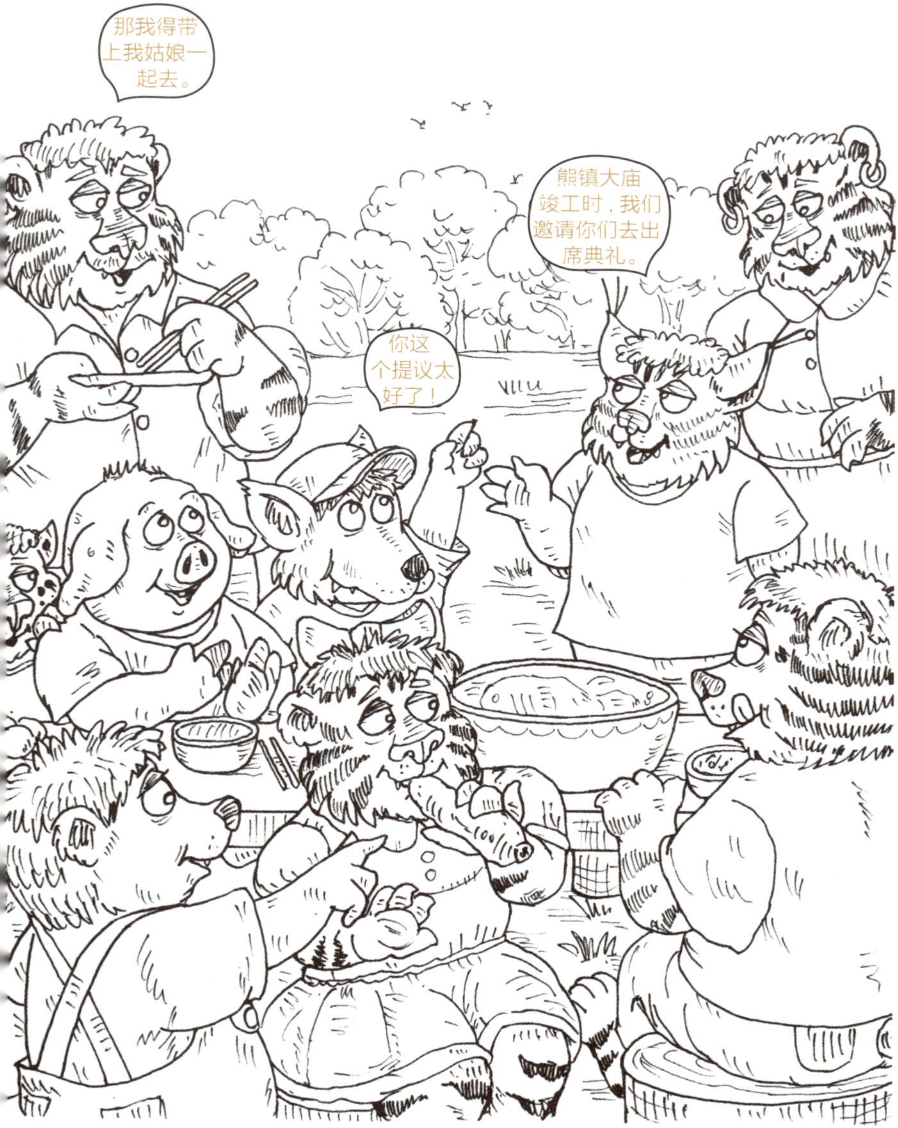
那我得带上我姑娘一起去。
熊镇大庙竣工时，我们邀请你们去出席典礼。
你这个提议太好了！

"这事儿他可愿意了!"皮朋在旁边不失时机地打趣道,"他叫太戈,就是虎爪很锋利的意思。"大伙儿听了哈哈大笑,虎姑娘看着太戈虎头虎脑的样子,也开心地露出了笑脸。

23

点睛之笔

有隻的熊填故事

第二年初秋的熊镇生机勃勃，八月最后一个周六上午，大庙前的广场被挤得水泄不通，两边的巷子里也都是等着看热闹的动物。镇长德尚和警察局长横宽在一众动物的陪同下，从巷子东端挤过来。到了山门台阶上站住，德尚向下看了看，拿过秘书猕猴板栗递过来的喇叭喊道："大家别站在外面呀，都到庙里来，今天可是咱们熊镇的大日子，是山神庙大殿维修竣工时刻，咱们一起见证历史。"

"我们来晚了，里面进不去了，把门的蛮牛说为了安全，容不下这么多动物。我们就在外面感受一下吧。"

德尚一听，赶紧转身进了山门，好家伙！第一进院子里也站满了动物，大家三三两两地高谈阔论。板栗紧跟在身旁对德尚说："今天可是最关键的一天，为了不发生意外，我们控制了一下进庙的动物数量，前院多一点儿，大殿前的后院只有和维修有关的动物才能进入。"

德尚听了摇了摇头："咱们熊镇这么大的喜事，得让大伙都见证一下，不能挡在外面，能进来的尽量都进来。"说着向后院大殿走去。"熊跑溪上游地区的媒体记者都来了，这么风光的场面，这只猕猴竟然把熊镇的动物都挡在外面，不让他们看到我的光辉时刻，这个笨蛋，回去非得好好批评一下。"德尚一边想着，一边绕过前殿，从东侧的月亮门跨进后院。

熊镇山神庙大雄宝殿矗立在蓝天白云下，五开间，单檐庑殿顶，中间开间开门，深褐色的门扇上部是精美的窗棂，末间红墙色彩稳重，红墙灰瓦绿剪边真是漂亮。屋顶东侧的正脊和屋角已经修好，大大的鸱吻挺立在蓝天上，完全看不出修过的痕迹，材料的颜色、质感和其他部位完全一样。院子中间两株古柏枝干遒劲，衬托着古朴端庄、舒展隽秀的大殿，再加上近深远浅的群山作为背景，这样"天熊合一"的景象把德尚惊呆了。

"我一周前过来还不是这样！这……这……，太漂亮了！怎么以前就没有这个感觉呀？好像是在梦里。"德尚嘴里嘟囔着，使劲儿掐了一下自己的胳膊。记者们这时已经围过来，话筒、摄像机和笔记本纷纷就位，摆开架势。

"那是因为您为大殿维修操碎了心，太爱咱们熊镇的古建了，所以有感而发。"猕猴板栗不失时机地大声说着，好让记者听到。

"这几天终于把屋顶上遮了一年多的临时棚子和脚手架拆掉了，"横宽指着大殿屋顶说，"一年多没看到大殿全貌了，今天一亮相，真是不同凡响！"

八顿、先风和亮银几个正在大殿内忙活着，在精心修复好的东山墙高大的壁画前，摆放着一个八仙桌，上面放着一碟颜料，还有一支毛笔。八顿抬头望着壁画，对几个老伙计说："实话实说，这壁画修之前，我都没好好看过，一是殿里光线弱，二是我也不懂这壁画里的内容。通过这次维修，才知道壁画描写的是咱们祖先在山神的保佑下，和大自然和谐相处、辛苦劳作的故事。"

"要不是我家灰球他们带回来永乐宫壁画的情况，还有十年搬迁精细维修的思想做指导，咱们哪知道壁画这么重要啊！"雪豹亮银自豪地说。

"我们太戈他们的东路也收获很多，这次维修咱们把西北角仓房里原来的构件都拆下来，尽量不用新的材料。还有他们说的'小材大用'的观念，这次在房梁维修上也起了作用。关键是现在熊镇出了新规定，再大的房子也不得使用直径超过二十厘米的木材当构件，砍伐有严格的审批制度，咱们几个可都是审批委员会成员，这得保护了多少大树免遭砍伐呀。"

"亮银，我看熊镇大会上表决这个决议的时候，你很是犹豫呀！你这个土财主心里在盘算什么，我们大家都清楚。"老狼五福揪着亮银的耳朵说。

亮银一把把他的爪子拨开，"我最多犹豫了一秒钟，不像镇长德尚，估计表决前三天三夜没睡好觉，但又不能显得自己不爱护环境，所以也举熊掌同意了，哈哈哈，这下他家不能用大木料了。"

"不过这家伙也做了不少事，大庙的资料太匮乏了，什么都没有，连张过去的老照片都是模模糊糊的，更别提图纸了。要不是他发挥镇长的优势，四处打电话，咱们要收集齐这些东西不知道要多长时间呢。"八顿憨厚地说。

"他也借机宣传了自己多么热爱古建筑。"先风接着说,"但不管怎么样,他这么一折腾确实让咱们熊镇维修大殿这件事在熊跑溪上游地区传开了。我们去搜集资料、寻访工匠和专家,就方便多了。"

"是啊,咱们在深山里找到了最好的琉璃作坊,把历次维修用的质量不好的琉璃瓦、脊兽都替换了,和原来的一模一样,琉璃师傅的手艺真棒啊!这避雷针也终于安装上了,以后再也不用担心雷击起火了。而且请了专家就是不一样,这避雷针安上以后,并不难看,没有破坏建筑外形,和咱们原来想象的不一样。"笑面侠说着看了看颜料碟,"都快干了,我去后面打点儿水来。"说着跑出了大殿。

"咱们大庙这次在前后院都新修了上下水管道，用水方便多了，万一着火了也能快速扑灭。"老狼五福刚说到这儿，就被大家捂住了嘴，"今天是大庙维修竣工日，你说这话真不吉利！呸呸呸！"五福呵呵笑着，不好意思地挠挠头，"我就是这么一说，我一说就能保证以后没事儿。"

这时，大殿前的平台上传来麦克风的声音，德尚开始讲话了。八顿向大伙儿一挥熊掌，"咱们也到门后听听他能讲出什么。"

太戈站在前殿后檐下，看着德尚眉飞色舞地讲述大殿从被雷击到寻访、从后勤组织到维修竣工的光辉历程。黄河边的黑虎姑娘站在他旁边,二黑村长和他老婆站在大殿台基下认真地听德尚演讲,还不断地点头。皮朋凑过来捅了捅太戈,冲他挤了挤眼,又看了看黑虎姑娘。太戈瞪了他一眼,转过头去继续听德尚讲话。

"嘿,别黏着小姑娘了,咱们得到后面准备去了。"皮朋揪着太戈的毛就要拉他走。

"别着急,咱们那是第三项,这第一项还没完呢。"太戈往黑虎姑娘身边靠了靠,躲着皮朋。

灰球和林克挤过来,"你们俩怎么还在这儿,快走,弗雷迪和炭罐已经到大殿后面了。"太戈听了,不情愿地和他们一起往后面跑去。

镇长德尚结束讲话,被大家簇拥着进入大殿,来到东山墙壁画前。猕猴板栗上前拿起八仙桌上的毛笔递给德尚,"镇长,壁画修复就差最后一步,请您为墙上的山神点睛。"德尚接过毛笔,在墙上寻找着,先风从桌前绕过来,伸出虎爪指着壁画上一只腾空而起的威武山神的头部,"就是这儿。"德尚高高举起毛笔,笔尖刚好能够到山神的眼睛,他把笔尖停在上面,转头面向记者。一阵相机的快门声响起,但没有闪光灯亮起来,德尚保持了一会儿这个姿势,然后放下前臂把毛笔搁在桌上,"今天对不住各位记者了,因为要保护壁画,禁止使用闪光灯。我这点睛也不是真点,这么珍贵的壁画我怎么能在上面乱画,一会儿会有专业的画师给山神的眼睛点睛,这幅山神祥瑞图就算修复好了。"

"好!熊镇的文物保护做得真到位!值得熊跑溪上游地区好好学习。"

"是啊,我也要让我们镇子的动物来参观学习。"

在大伙纷纷称赞之际,德尚滔滔不绝地又把壁画内容和修复过程介绍给大家,一边介绍一边缓缓向门口移动,大家不断地爆发出笑声、惊叹声。八顿和先风留在原地,笑着互相吐了吐舌头,亮银忍不住了,拿起毛笔学着德尚的样子,"这么珍贵的壁画我怎么能在上面乱画。哼,昨天他还非要在山神头上点睛,说就点一下对壁画没有任何影响,要不是咱们据理力争,他今天肯定会蘸上墨往壁画上画。"

"没错,他还要摆姿势让记者拍照,这山神头还不得让他涂成花瓜。"笑面侠笑着说,"咱们的任务完成了,到后面去看看吧,那儿应该更精彩。"

24

大庙重生

熊鎮的故事

> 八顿，你们怎么搞的？这最后一块瓦根本安不上！你试试，要是能安上，我请全镇吃大餐，要是安不上，看我怎么收拾你！

> 不对啊，这块瓦我们安了好几次都没问题，怎么就你不行啊

　　大殿北侧靠东边的脚手架并没拆，因为在北墙后面，所以从院子里看不到。脚手架内用木板搭了一段楼梯可以上到屋顶，木板在屋顶上向内探出一段，站在上面刚好可以摸到东北角垂脊上的垂兽，垂兽下面的屋面上是一行行的琉璃瓦，其中一行的最顶端缺一块瓦没有安装。

　　德尚在大伙儿的掌声中顺着梯子向上爬去，身后跟着一名地区报社摄影记者。上到最上面的木板平台，他向下挥挥熊掌，向前跨了两步来到垂兽跟前，那块没安装的琉璃瓦就放在旁边的瓦垄上。德尚蹲下来拿起那块瓦，仔细端详了一下，转过身来对着摄影记者举起来，笑得露出满口熊牙，然后回身小心翼翼地把最后一块瓦放到裸露出瓦垄泥背的地方。摄影记者尽量把身子探出去，从侧面对着德尚拍照。▶▶

可德尚怎么也不能把瓦安得严丝合缝,只听到瓦片间互相摩擦的声音和德尚不知所措气急败坏的嘟囔声。他一边擦着汗,一边没好气地说:"这帮家伙怎么搞的,这里分明安不下这块瓦,尺寸不对呀。"大殿北面地面上的动物抬头向上望着,因为角度问题,他们看不到屋顶上面的情况,只能看见猕猴秘书板栗的红屁股在木梯顶上,忽然他向下喊道:"八顿,你们怎么搞的?最后一块琉璃瓦安不上,留出的尺寸太小了。你快上来看看!"

八顿一听也觉得事情很严重,他和先风对望了一下,先风和亮银拍拍他的肩膀,"赶紧上去看看怎么回事,千难万难都过来了,别最后一下出岔子。"八顿三步并作两步跑上木梯,震得脚手架不住地颤动。他越过板栗和记者来到德尚身边,德尚生气地把琉璃瓦递给他,"你试试,要是能安上我请全镇的人吃大餐庆祝大殿维修成功,要是安不上,丢了咱们熊镇的脸,看我怎么收拾你!"

八顿接过琉璃瓦,心想:这块瓦我们试着安装了好多次,完全没有问题,怎么就你安不上?他拱了拱德尚,德尚不得不往小小的木平台边上挪了挪,八顿挤到垂脊边,拿着瓦慢慢地放下去,"咔哒"一下,安上了!

德尚的眼睛都要鼓出来了,自己费了那么半天劲儿没成功,这家伙怎么一下就弄得严丝合缝。正在惊奇中,自己的熊掌已被八顿按在了那块刚刚安好的瓦上。摄影记者高喊一声,"回头,看这里,笑一笑。"随着一阵咔咔声,大殿下面传来欢呼声,板栗已经把大殿最后一块瓦安装成功的消息传了下去。

第二天,熊镇中心广场三流酒馆里热闹极了,门口一个方凳上放着一摞《熊跑溪上游地区日报》,旁边有个小纸牌,上面写着"免费领取"。吧台前坐着八顿、先风一众动物。老狼扯着他的高音大声说:"咱们大殿维修竣工上了头版头条了,看这大标题'大庙重生',真带劲!还有这整版的大照片,嘿,八顿,你可是露脸了,你和咱们镇长在屋顶合影了,看你们俩显得多友好啊,两只大熊掌放在一个小瓦片上,不知道的还以为你们是合伙偷瓦被当场抓了现行呢。"大家爆发出一阵大笑。

八顿喝了一大口啤酒,不好意思地说:"我可没想拍照,只是镇长安不上最后一片瓦,叫我上去。也是奇怪,咱们试了好几次,每次都能顺利安上,怎么他就安不上呢?我一上去就安上了,看他那气急败坏的样子,我就让他把熊掌放在瓦上,没想到记者拍了这么一张照片而且登出来了。其实德尚有单独的照片,但报社没登。"

"这报社有良心,知道这大庙是咱们熊镇全体动物的,大庙维修也是咱们大伙共同出力,所以他们登了一张合影,有咱们草根动物的形象。"野猪爸大牙说。

"要是亮银这个财主上去了,报社也得喊八顿上去重新拍。"笑面侠笑着说。

"我不就是比你们有点儿钱吗,那也是我头脑灵活再加上没日没夜辛苦挣来的,我也是草根,我要是上了头版,对大马哈鱼的销量一定有很大促进作用。"大伙儿听亮银这么一说,纷纷起哄让他请喝酒。

弗雷迪和灰球他们几个早就忍不住了,在底下蹦着要发言,先风挥挥虎爪让大家安静。弗雷迪说道:"我们几个知道镇长安不上最后一片瓦的原因,也只有我们才知道。"亮银一听,笑着说:"我们也分析了一下,就是你老爸八顿捣的鬼,他要上头版头条。"

"不对,我老爸才不会,他是最不爱出风头的。我们昨晚在大庙向脊兽们表达感谢,是他们的帮助才让我们发现了大碑,知道了大庙的历史。在我们寻访的路上,危急时刻总能得到他们的帮助,昨天是大庙竣工的大好日子,晚上我们就在大殿前集合,和脊兽说一说心里话。他们告诉我们,这一年体会到咱们熊镇有多爱护自己的古建筑,知道咱们为大庙维修做了多少事,付出了多少辛苦,所以他们一定要让咱们熊镇的普通动物露面出彩,就施了个小小的魔法,不让镇长独自安装上最后一片瓦,要和普通动物一起安装上。"话音刚落,酒馆里爆发出欢呼声,动物们纷纷鼓掌。小家伙们说出了秘密,站在酒馆中央围成一圈,骄傲地唱起《熊镇之歌》来。

忽然,酒馆的门被撞开,德尚、横宽和板栗走了进来,先风给德尚让了个座位,德尚兴奋地说:"我猜你们就在这儿,熊跑溪上游地区让咱们熊镇明天去介绍古建保护经验,你们谁跟我去?"大家面面相觑了两秒钟,德尚马上接着说:"我知道你们忙,那我就代表咱们熊镇去了。"说着就要往门外走,被八顿一把拉住,"镇长!"

"干吗?你想和我一起去?"德尚表情复杂地看着八顿。

"我笨嘴拙舌的,不善于讲话,我不去。"

"那拉我干吗?"

"昨天在屋顶上,你说要是咱们能一次安上那块瓦,就摆宴席请全镇的动物吃大餐,你可得说话算话。"一听这话,酒馆里炸了锅,"镇长要请客了!镇长真大方!"

"我什么时候说了?你们谁听到了?八顿,你别胡说啊!"德尚说完八顿正要争辩,亮银把他推到一边,对大伙说:"除了八顿我们都没听到,不过镇长,摆宴席的事以后再说,今天你进了酒馆的门,不请大家喝一杯就走说不过去吧?"

"对!镇长,我们知道你最豪爽了!"

德尚狠狠地瞪了板栗一眼,"我说不来你非要来,来了就没好事。"说着,对吧台后的老浣熊喊道,"每人一杯啤酒,明天我让他来结账。"说着一指板栗,气哼哼地出了酒馆的门。

酒馆里爆发出欢笑声,一直到灯光亮起,星辰出现。

25

北斗的第一颗星

熊鎮的故事

八顿和弗雷迪躺在草坡上,听着四周山林里传来的声音,偶尔的鸟鸣声、野兽的低吼声、树叶被风吹响的哗哗声,还有远处熊跑溪若隐若现的溪流声,交替变奏,浑然天成。

"老爸,自从认识了北斗七星,好像打开了一座知识宝库,每天都能学到新东西。"

"世界很大,宇宙更大,但咱们熊镇很小,所以你才有这种感觉。"八顿枕着一段树干说。

"我们古建寻访多亏了北斗七星,在大山里能给我们指路,有时候累了,我们就躺在地上数星星,回忆一天寻访的所见所闻,还计划第二天的事。"

"知识一旦掌握了,一辈子也不会丢,就像游泳捉鱼一样。"

"老爸,我给北斗七星起了另一套名字。"

"哦,什么名字呀,说来听听。"

"它们分别是弗雷迪星、太戈星、皮朋星、灰球星、林克星和炭罐星,但是我要排在第一,他们几个肯定不同意。"弗雷迪一边说,一边用熊掌拍着八顿的肚皮。

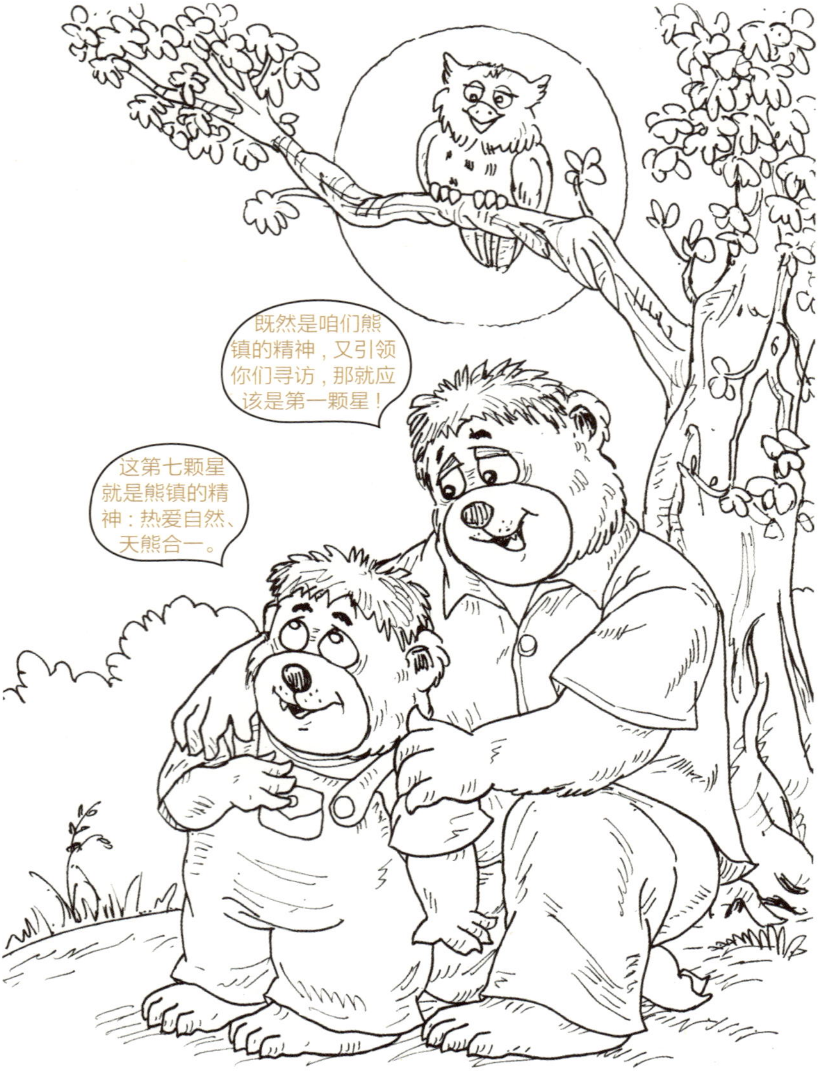
这第七颗星就是熊镇的精神：热爱自然、天熊合一。
既然是咱们熊镇的精神，又引领你们寻访，那就应该是第一颗星！

"嚯，你们六个小伙伴占了北斗七星里的六颗星，那第七颗是什么星？"

"我还没想好，我们这次寻访只去了六个。"

"我知道第七颗星是什么了。"八顿故作神秘地说。

"你不说我都知道，是你自己对不对，哼，老爸，你的心思我还不了解！可是你不适合当第七颗星，太沉！"

八顿满意地用熊掌来回摸着自己的肚皮，"知父莫若子啊！"

父子熊谁也不说话了，静静地听着熊镇山林的天籁之音，忽然，弗雷迪大喊了一声："我知道了！"接着翻身爬起来，指着天上的北斗说："第七颗星是咱们熊镇的精神，天熊合一、热爱自然、热爱古建、崇尚自由的精神，是这精神引领着我们去寻访的，没有它的引领，我们不可能克服那么多困难完成任务，老爸，你说我说得对不对？"

"既然是咱们熊镇的精神，又引领你们寻访，那就应该是第一颗星！"

"对，老爸，你终于谦虚正确了一回！"

全书完。

参考书目：

《华夏诸神》北京燕山出版社
《双林寺彩塑》天津人民美术出版社
《崇庆寺宋塑十八罗汉》三晋出版社

后记

《熊镇的故事：大庙重生记》是《熊镇的故事》系列书中第二本关于中国古建筑的创作。我们在寻访古建的过程中发现，除了佛教、道教建筑，还有一些庙宇是为民间的各路神仙而修建，比如土地庙、三嵕庙、二仙庙、妈祖庙等。它们有的具有明显的地域性，有的又遍布全国。比如被各地民众所推崇的关老爷，虽然被道教揽入自己的怀抱，但它真正的活力还是在民间，供奉他的关帝庙成为数量最多的庙宇。

寺庙不仅是神祇们在现实世界的居所，还是中国文化要素的汇聚之地，宗教、传说、历史、文学、雕塑、绘画，还有建造技术、材料工艺，每一项都可以成为深入研究的专门领域。

我们写《熊镇的故事：八顿和弗雷迪奇妙古建游》时，聚焦中国古建筑常识，用插画故事的方式，探索传播中国古建文化的新路径。但这远远不能全面反映中国古建的深厚内涵和无穷趣味。于是我们再做一次尝试，通过熊镇的动物们群策群力修复大庙的故事，将最著名或典型的古建与居住其中的神祇做一个有趣的串联，穿插古建保护的绿色理念，引发读者进一步了解的兴趣，使其逐渐沉浸其中，获得文化的滋养。

书中涉及的古建我们都曾到访过，在和村民、古建管理员或文物部门工作人员的接触中，我们认识到古建保护的不易，感受到所有参与其中的人们对古建和文化的那份淳朴的热爱。

当人人都算得上一位古建爱好者的时候，我们的文化自信就又有了一份踏实厚重的基础。

感谢北京市建筑设计研究院顾问总建筑师、全国勘察设计大师何玉如先生为本书提携作序，何总及夫人吴婷莉总作为建筑界的杰出前辈，多年以来，无论在专业方面还是在《熊镇的故事》系列创作过程中，都给予我们很多支持和鼓励。

熊镇里有趣的事儿会越来越多，《熊镇的故事》也会不断出新，感谢广大读者的厚爱！

石燕学　王立昕

二〇二二年六月于北京

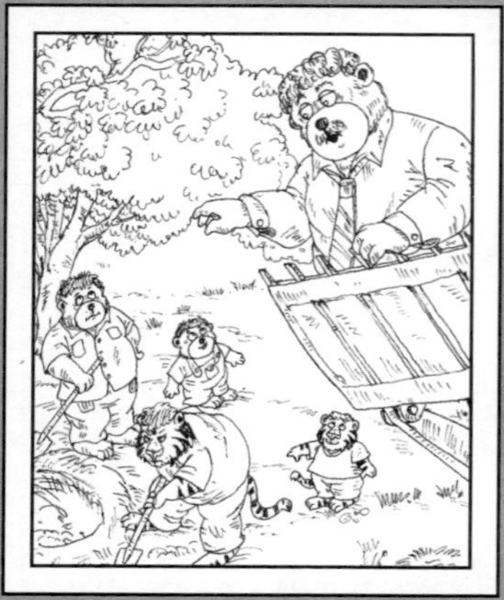

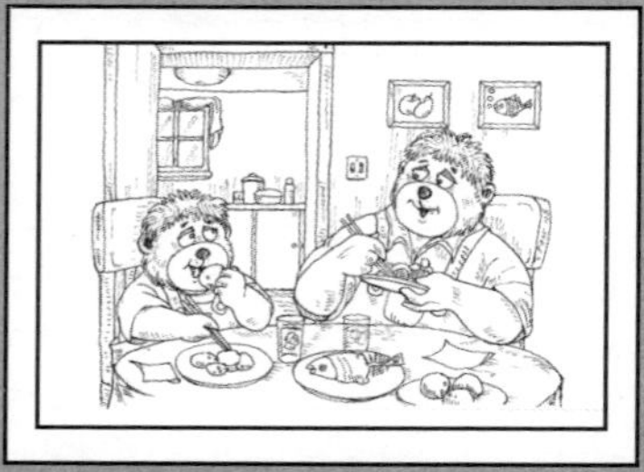

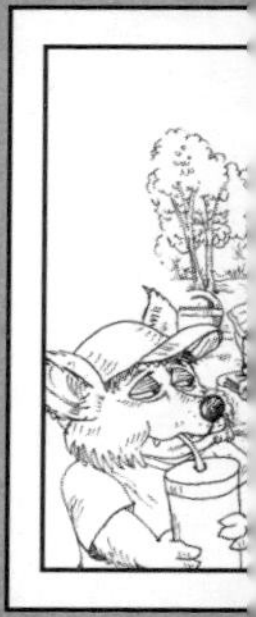

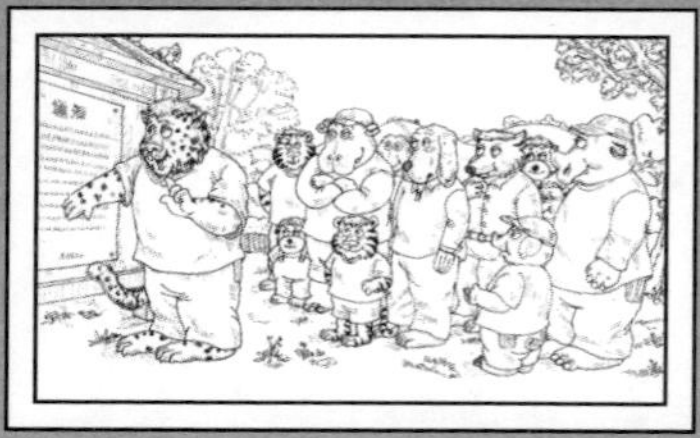

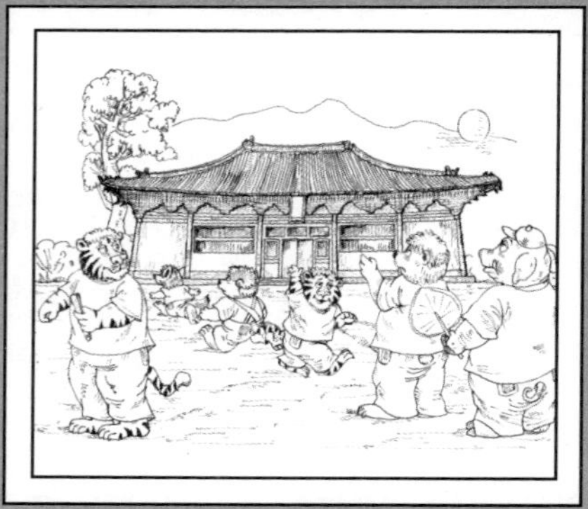

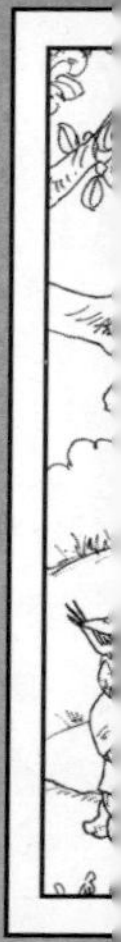